겨울

겨울

Ethan Frome

Edith Wharton

이디스 워턴 장편소설 | 김욱동 옮김

문학동네

차례

프롤로그

나는 그 이야기를 여러 사람한테서 조금씩 얻어들었고, 이런 경우에 으레 그렇듯 이야기는 들을 때마다 조금씩 달라졌습니다.

매사추세츠 주에 있는 스탁필드*라는 마을을 아는 사람이라면, 그곳 우체국을 알 겁니다. 그리고 이 우체국을 알고 있다면, 아마 이선 프롬**이 그곳으로 마차를 몰고 와 등이 움푹 파인 밤색 말 등 위에 고삐를 얹어놓은 뒤 몸을 질질 끌며 벽돌로 포장

---

* 미국 매사추세츠 주 서부 버크셔 산간 지방을 모델로 삼아 창조한 가공의 마을. 여러모로 레녹스 근교 스탁브리지와 피츠필드를 연상시킨다. 이 지명은 '황량한 들판' 이라는 상징적 의미를 지닌다.

** 너새니얼 호손(1804~1864)의 단편소설 「이선 브랜드」의 주인공과 이름이 같다. 두 주인공은 삶에 절망하여 자살을 기도한다. '이선' 은 구약성서에 자주 등장하는 이름 중의 하나다.

한 길을 가로질러 흰 주랑(柱廊)을 향해 걸어가는 모습을 보았을 겁니다. 그리고 도대체 그 사람이 누구인지도 물어보았을 겁니다.

몇 해 전 내가 그 사람을 처음 본 것도 바로 그곳에서였습니다. 그때 그 광경을 보고 나는 갑자기 걸음을 멈췄습니다. 폐인이나 다름없었지만, 그때에도 그는 스탁필드에서는 가장 사람의 눈을 끄는 인물이었지요. 뭐 키가 커서 이목을 끈 것은 아니었습니다. 왜냐하면 그곳 '토박이들'은 후리후리하게 키가 커서 보다 땅딸막한 외부 태생의 종(種)들과는 쉽게 구별할 수 있기 때문이었지요.* 오히려 사람들의 이목을 끈 것은, 걸음을 옮길 때마다 절룩거리는 발이 족쇄가 잡아당기는 것처럼 제지하는데도 태평스럽고 강렬한 그의 얼굴이었습니다. 그의 얼굴에는 쓸쓸하면서도 가까이 접근하기 어려운 그 무엇이 감돌았습니다. 그리고 몸은 너무 뻣뻣하고 머리는 희끗희끗해서 나는 그를 늙은이로 생각했지만, 그가 쉰두 살밖에 되지 않는다는 말을 듣고 놀랐지요. 나는 이 말을 하먼 가우한테서 들었습니다. 그는 전차가 생기기 전에 베츠브리지**에서 스탁필드로 역마차를 몰고 다니

* 마이클 이디처럼 스탁필드 읍내에 살고 있는 외부 태생 사람들(이민자들)과 비교해볼 때 스탁필드 원주민들은 키가 크다.

** 매사추세츠 주 스톡브리지를 모델로 만든 허구적 소도시.

던 사람으로, 그의 노선에 살고 있는 모든 집안의 족보를 훤히 꿰고 있었습니다.

"그는 그때 충돌 사고가 난 이후 늘 저 모양이야. 그게 오는 2월이면 벌써 스물네 해째가 되는군." 하먼은 추억에 잠긴 듯 잠시 멈췄다가 내뱉듯이 말했습니다.

그것은 참으로 큰 '충돌' 사고였습니다—나는 이 말도 하먼한테서 들었지요—그 사고는 이선 프롬의 이마를 가로질러 붉은 상처 자국을 남겨놓았을 뿐 아니라, 오른쪽 옆구리를 무척 짧고 뒤틀어지게 해서 마차에서 내려 우체국 창구까지 몇 걸음 걸어가는 데도 꽤 힘들어하는 것처럼 보였습니다. 그는 매일 정오쯤 자기 농장에서 이곳으로 마차를 몰고 오곤 했습니다. 내가 우편물을 찾으러 가는 것도 바로 그때라서 우체국 현관에서 자주 그를 지나치거나, 아니면 창살 뒤에서 우편물을 내어주는 손동작을 바라보며 기다리고 있는 동안 그의 곁에 서 있었습니다. 그는 시간을 꼭 맞춰 왔지만 〈베츠브리지 이글〉 지(紙) 한 부 말고는 다른 우편물을 받는 일이 드물었지요. 그는 이 신문을 훑어보지도 않고 축 늘어진 호주머니 속에 쑤셔 넣는 겁니다. 하지만 어쩌다 가끔 우체국 직원이 지노비어* 프롬 부인이라는—또는 지나 프롬 부인이라는—이름이 적힌 편지 봉투를 그에게 내줄 때도 있었지요. 흔히 봉투 왼쪽 위 귀퉁이에는 어떤 특허약 제조

업자의 주소와 특효약 이름이 눈에 띄게 적혀 있었습니다. 이선 프롬은 이런 서류에 너무 익숙해 그 수나 종류에는 별로 관심이 없다는 듯, 이것 또한 쳐다보지도 않고 그냥 호주머니에 쑤셔 넣고는 우체국 직원에게 한마디 말도 없이 고개를 끄덕이고 돌아서 가버리는 겁니다.

스탁필드에 살고 있는 사람은 누구나 다 이선을 잘 알고 있었으며, 그의 근엄한 태도에 걸맞게 그에게 인사했습니다. 하지만 그가 말수가 적은 사람이라는 점을 존중해주었고, 그래서 아주 어쩌다 드물게 그곳에 사는 노인 중 한 사람이 그를 붙잡고 말을 붙이는 정도였지요. 이런 일이 있을 때도 그는 푸른 눈으로 상대방의 얼굴을 쳐다보며 잠자코 듣고만 있다가 아주 나지막한 목소리로 대답하기 때문에 그의 말은 전혀 내 귀에 들리지 않았습니다. 그러고 나서 그는 마차에 간신히 기어 올라가 왼손에 고삐를 모아 잡고 자기 농장 쪽으로 천천히 말을 몰아가는 겁니다.

"꽤나 심한 충돌 사고였던 모양이지요?" 나는 하먼에게 물어

---

* 3세기 팔미라 왕국의 여왕 이름. 잔인하고 야심적이었던 것으로 유명하다. 미국 소설가 윌리엄 웨어가 『팔미라의 루시어스 피로가 보낸 편지』(1837)에서, 너새니얼 호손이 『블라이스데일 로맨스』(1852)에서 지노비어를 각각 주인공 이름으로 삼았다.

보았습니다. 점점 멀어져가는 프롬의 뒷모습을 바라보며, 그리고 그의 힘센 두 어깨가 구부러져 제 모습을 잃기 전에는 옅은 갈색 머리카락의 조그마한 머리가 얼마나 당당하게 그 어깨 위에 얹혀 있었을까 생각해보면서 말이지요.

"최악의 사고였지." 하먼이 내 말에 맞장구를 쳤습니다. "웬만한 사람 같았으면 죽고도 남을 사고였어. 그렇지만 프롬네 집안 사람들은 워낙 단단해서. 이선은 아마 백 살은 살걸."

"맙소사!" 내가 소리쳤습니다. 바로 그때 이선 프롬은 자기 자리에 기어 올라가 마차 뒤쪽에 실은 나무 상자가—아니나 다를까 그 상자 위에는 역시 약국의 레벨이 붙어 있었지요—안전하게 실려 있나 보려고 몸을 구부리고 있었습니다. 나는 그가 자기 혼자 있다고 생각하고 지을 법한 그런 얼굴 표정을 보았습니다. "그래 저 사람이 백 살을 산다는 말입니까? 벌써 죽어서 지금은 지옥에나 있을 법한 사람처럼 보이는데요!"

하먼은 주머니에서 씹는담배 한 덩이를 꺼내 쐐기 모양으로 베어내어 가죽 주머니처럼 늘어진 한쪽 뺨 안에 밀어 넣었습니다. "저 사람은 스탁필드에서 너무 많은 겨울을 난 것 같아. 똑똑한 친구들은 대부분 다 떠나버리는데 말이지."

"그러면 왜 저 사람은 떠나지 않았나요?"

"누군가 남아서 집안 식구들을 돌봐줘야 했지. 이선 말고는 아무도 그럴 사람이 없었거든. 맨 처음에는 아버지를…… 그다음에는 어머니를…… 또 그다음에는 자기 아내를 말이야."

"그러고 나서 그 충돌 사고가 일어났나요?"

하먼은 비웃듯 킥킥 웃었습니다. "그런 셈이지. 그러고는 그가 머물러 있지 않으면 안 되게 되었지."

"그렇군요. 그리고 그 뒤에는 집안 식구들이 그를 돌봐줘야 했단 말이군요?"

하먼은 생각에 잠긴 듯 담배를 다른 편 뺨에 옮겨 물었지요. "아, 그 문제로 말하자면, 보살펴준 쪽은 늘 이선이었을걸."

비록 하먼 가우는 그의 정신력과 도덕심이 허용하는 범위까지 그 이야기를 전개시켰지만, 그가 말해준 사실 사이사이에는 눈에 띌 만큼 빠진 부분이 있었습니다. 그리고 나는 이 이야기의 좀더 깊은 뜻은 오히려 이 빠진 부분 속에 들어 있다고 느꼈지요. 그런데 한마디 말이 내 기억 속에 계속 맴돌아 지금부터 앞으로 전개될 여러 생각을 추려 모으는 데 핵심적인 단서 구실을 했습니다. "저 사람은 스탁필드에서 너무 많은 겨울을 난 것 같아"라는 말 말입니다.

그곳에서의 나의 근무 기간이 끝나기 전에 나는 그 말이 무엇을 뜻하는지 알게 되었습니다. 내가 거기에 간 것은 전차, 자전거, 그리고 시골에도 배달 제도가 생긴, 말하자면 타락한 시대였습니다. 여기저기 흩어진 산간 촌락 사이에서도 왕래가 쉽고, 베츠브리지나 섀즈폴스* 같은 산골 큰 읍내에는 도서관, 극장, 기독교청년회관**이 있어 외딴 산골에 사는 청년들도 그곳으로 오락을 즐기러 내려올 수 있던 시절이었습니다. 하지만 겨울이 스탁필드를 봉쇄하여 마을을 희뿌연 하늘로부터 끝없이 내리는 눈으로 온통 뒤덮을 때, 나는 이선 프롬의 청년 시절 그곳에서의 삶이 — 삶이라기보다는 오히려 그 반대가 되겠지만 — 어떠했으리라는 것을 깨닫기 시작했습니다.

나는 사장의 지시를 받고 코베리정션에 있는 큰 발전소***와 관련한 일로 그곳에 파견되어 있었습니다. 하지만 목수들의 장기 파업으로 그 일이 지연되는 바람에 그해 겨울의 대부분을 스탁필드에 — 코베리정션에서 가장 가까운 주거지였지요 — 묶여 있지 않으면 안 되었습니다. 처음에는 안달이 났지만 틀에 박힌 일에서 오는 최면 효과 탓에 차츰차츰 그곳 생활에 그런대로 만족을 느끼기 시작했습니다. 거기 머물던 처음 얼마 동안은 생명

---

* '스탁필드'나 '베츠브리지'와 마찬가지로 허구적 지명.

** YMCA. 영국의 복음주의자들이 1844년 결성한 기독교 민간단체로 젊은이들에게 영적 지도와 함께 오락과 기숙사 등의 편의시설을 제공한다. 미국에서는 1851년에 처음 설립되었다.

*** 매사추세츠 주 서부 지방에 전기가 들어온 것은 1880년대 후반부터이다. 이디스 워턴은 1902년에 자신의 저택 '마운트'에 전기를 설치했다.

력 넘치는 기후와 그 마을의 죽은 듯한 무기력 사이의 대조에 놀라지 않을 수 없었지요. 12월의 눈이 그친 뒤에는 눈부시게 찬란한 푸른 하늘이 하루가 다르게 은빛 풍경 위에 햇빛과 바람을 폭포처럼 퍼부어댔습니다. 그러면 그 은빛 풍경은 더 한층 강렬한 광채로 햇빛과 바람을 반사했습니다. 그런 분위기는 인간의 혈기뿐만 아니라 감정까지도 생동케 하는 것 같았습니다. 하지만 그것은 가뜩이나 느린 스탁필드의 맥박을 한층 더 늦추는 것 말고는 아무런 변화를 가져다주지 못하는 듯했지요. 내가 그곳에 좀더 머물러 있으면서 수정같이 맑은 날씨가 지나가고 햇빛 한 점 볼 수 없는 추운 날씨가 오래 계속되는 것을 보았을 때, 2월의 폭풍이 그 운명의 마을 주위에 흰 천막을 둘러치고 3월의 강풍이 난폭한 기병대를 이끌고 이 폭풍을 지원하려고 돌진해 내려올 때, 나는 왜 스탁필드가 마치 굶주린 수비대가 살려달라는 애원도 하지 않고 항복하듯 여섯 달 동안의 포위에서 빠져나오는지를 이해하기 시작했습니다. 이십 년 전이라면 저항의 방법도 훨씬 적었을 것이고, 적도 포위된 마을들 사이의 접근로를 거의 완전히 손아귀에 넣고 있었을 겁니다. 이런 사실들을 고려해볼 때 "똑똑한 친구들은 대부분 다 떠나버리는데 말이지"라는 하먼의 말이 어떤 불길한 힘을 간직하고 있는 것처럼 느껴졌지요. 하지만 만약 사정이 그랬더라도 도대체 어떤 장애물이 뒤얽혀 있었기에 이선 프롬과 같은 사람이 빠져나갈 수 없었을까요?

스탁필드에 머물러 있는 동안 나는 이 지방에선 네드 헤일 씨의 부인으로 알려진 중년 과부의 집에서 머물고 있었습니다. 헤일 부인의 부친은 한 세대 전에 이 마을의 변호사였지요. 그래서 여주인과 그녀의 모친이 지금도 살고 있는 '바넘 변호사 집'은 이 마을에서는 가장 큰 저택이었습니다. 이 집은 마을 주요 도로 한끝에 서 있었고, 고전적인 주랑에다 작게 창살을 한 창문이 노르웨이 전나무 사이로 판석이 깔린 길 건너 조합파* 교회의 뾰족한 흰 첨탑을 마주 보고 있었습니다. 바넘 집안의 운세가 기운 것이 분명했지만 두 부인은 부끄럽지 않게 체면을 지키려고 온갖 힘을 기울였습니다. 특히 헤일 부인은 고색창연한 저택에 걸맞게 희미하게나마 어느 정도 세련함을 지키고 있었습니다.

콜록콜록 하는 소리를 내며 타는 카셀 램프불**이 검은 말총과 마호가니 가구***들을 환히 비추는 '객실'에서, 나는 저녁마

---

* 영국 청교도주의에서 파생하여 발달한 개신교 교회의 하나. 각 교회의 독립 자치의 원칙에 입각하여 교회 상호간 교류를 존중하지만, 각 교회에 대한 위로부터의 지배를 부정하고 국가로부터의 분리를 주장한다.

** 18세기 프랑스 발명가 베르트랑 카셀이 만든 램프로 시계 장치를 통해 심지에 기름을 끌어 올린다. 기름을 끌어 올리는 과정에서 기침하는 듯한 소리가 들린다.

*** 이 무렵 말총으로 만든 가구와 마호가니 재질의 가구들은 고급 가구에 속했다.

다 좀더 미묘하게 채색된 또다른 스탁필드의 역사를 들었습니다. 헤일 부인은 주위 사람들보다 사회적으로 우월하다고 느끼거나 짐짓 그런 척하지도 않았습니다. 다만 다른 사람보다 우연히 감수성이 좀더 섬세하다는 것과 교육을 좀더 많이 받았다는 사실 때문에 그녀와 마을 사람들 사이에 충분한 거리를 두고 그들을 사심 없이 객관적으로 판단할 수 있을 뿐이었지요. 그녀가 이 능력을 행사하고 싶어하지 않는 것은 아니었습니다. 그래서 나는 이선 프롬에 관한 이야기 중에서 빠진 사실이나, 아니면 내가 이미 알고 있었던 사실을 조정할 수 있는 그의 성격에 관한 단서를 그녀에게서 들을 수 있을 것이라는 큰 기대를 품고 있었습니다. 그 여자의 기억력은 마치 악의 없는 일화들을 보관하고 있는 저장소와도 같아서, 그녀가 알고 있는 사람들에 관해 무엇이든 물어보면 자세한 정보를 듬뿍 들려주었지요. 하지만 뜻밖에도 이선 프롬에 관한 주제만 나오면 좀처럼 말이 없었습니다. 물론 그렇다고 그녀의 침묵에 못마땅해하는 기색이 있는 것도 아니었지요. 다만 나는 그녀가 이선이나 그의 일에 관해 말하기를 무척이나 꺼려한다는 것을 느낄 따름이었습니다. 기껏해야 나지막한 목소리로 "그랬어요, 난 두 사람을 다 잘 알고 있었어요…… 참으로 끔찍한 일이었어요……" 하고 고통스럽게 말하는 것이 나의 호기심을 충족시켜줄 수 있는 최대한의 배려인 듯

했습니다.

헤일 부인이 너무나 갑자기 태도를 바꾸었고, 또 그 태도가 엄숙하고 슬픈 비밀의 전수를 암시하는 듯했기 때문에, 나는 체면을 무릅쓰고 이 마을의 신탁을 전하는 신의 사자(使者) 격인 하먼 가우에게 다시 이 문제를 꺼냈습니다. 하지만 이런 수고에도 불구하고 이해할 수 없는 불평만 들었을 뿐이었지요.

"루스 바넘은 늘 생쥐같이 신경이 예민했어. 그러고 보니 그 사람들을 발견한 뒤 처음으로 그들을 본 게 바로 그 여자였군. 루스가 네드 헤일과 약혼했을 무렵이었지. 바넘 변호사 댁 바로 아래 코베리 도로가 구부러지는 곳에서 일어난 일이야. 젊은이들은 서로 친구로 지냈었지. 루스는 그 일에 대해 이야기하는 걸 견디기 힘든가보군. 하기야 그녀 자신도 걱정거리가 산더미처럼 많았으니까."

스탁필드의 주민들은 좀더 큰 다른 마을 주민들과 마찬가지로 자신들의 걱정거리만으로도 너무 벅차서 이웃 사람들의 걱정거리에는 비교적 무관심한 편이었습니다. 모두들 이선 프롬의 걱정거리는 보통 이상의 것이라고 인정하면서도, 누구 하나 그의 얼굴 표정에 대해 설명해주는 사람이 없었지요. 그 표정은 아무리 생각해봐도 가난이나 육체적 고통 때문에 생긴 것 같지는 않았습니다. 그렇지만 헤일 부인의 침묵이 흥미를 돋우지만 않았다면—그 일이 있은 지 며칠 후에—우연히 그 주인공과 개인적으로 접촉할 기회를 갖지 않았다면, 나는 이런 여러 힌트들을 짜 맞춘 이야기로 만족했을지도 모릅니다.

스탁필드에 처음 도착하자 그곳에서 말을 세놓는 집과 가장 비슷한 가게의 주인인 부유한 아일랜드계 잡화상* 데니스 이디가 나를 날마다 코베리플래츠까지 마차로 데려다주기로 했습니다. 거기에서 정션에 가는 기차를 타야만 했지요. 하지만 겨울이 반쯤 지났을 때 이디의 말들이 그 지방에 도는 역병에 걸렸습니다. 그 병은 스탁필드에 있는 다른 마구간에도 번져 하루 이틀 동안 교통편을 얻느라고 쩔쩔 맸지요. 바로 그때 하먼 가우가 이선 프롬의 밤색 말은 아직 다리가 성하니 어쩌면 그 주인이 기꺼이 나를 태워줄지 모른다며 귀띔해주었습니다.

그 제안을 받고 나는 놀라지 않을 수 없었습니다. "이선 프롬요? 하지만 그 사람하고는 한 번도 이야기해본 적이 없는데요. 도대체 그 양반이 뭐 하러 나 때문에 그런 수고를 하겠어요?"

하먼의 대답이 나를 더 놀라게 했습니다. "그 사람이 태워다 줄지 않을지는 나도 알 수 없어. 하지만 일 달러**라도 버는 일

* 1847년 아일랜드에 감자 기근이 들어 많은 아일랜드 사람들이 미국으로 이주해 왔다. 1600년대 신대륙에 이주한 이디스 워턴의 가문처럼 초기에 이주한 앵글로색슨계의 영국 이민자들은 아일랜드 이민자들을 멸시했다.

이라면 싫어하지 않을 거라는 건 알고 있지."

나는 프롬이 가난하다는 말과 그의 목재소와 농장의 메마른 토지로는 그의 집안 식구가 겨울을 날 만한 소출을 내지 못한다는 말을 들은 적이 있었습니다. 하지만 프롬이 하먼의 말이 암시하는 것처럼 그렇게 곤궁하리라고는 미처 생각하지 못했기 때문에 놀라지 않을 수 없었던 겁니다.

"글쎄, 그 사람 일이 그렇게 썩 잘 풀리지 않는단 말씀이야." 하먼이 말했습니다. "이십 년이 넘게 낡은 폐선(廢船)처럼 죽치고 앉아서 해야 할 일들을 바라만 보고 있으니, 마음이 상하고 용기를 잃을 법도 하지. 프롬네 농장은 늘 홀아비 주머니처럼 텅 비어 있지 뭐야. 저 낡은 물방앗간*** 하나 값이 지금 몇 푼이나 나가겠나. 이선이 해 뜰 무렵부터 캄캄한 밤까지 뼈 빠지게 농장과 목재소를 돌릴 수 있었을 땐 그래도 그럭저럭 입에 풀칠은 했었어. 하지만 그때도 그의 식구가 거의 모든 걸 먹어 치웠지. 원, 지금은 어떻게 살아나가는지 알 수 없군. 처음엔 그의 아버지가 건초를 걷어 들이다 말에 받혀 머리가 돌았지. 그래서 죽기 전에 물 쓰듯 돈을 쏟아부어버렸어. 그러자 그의 어머니가

** 1900년 당시의 구매력은 지금보다 컸다. 노동자의 평균 임금이 주급 십이 달러, 연급 육백이십사 달러였다.

*** 이 무렵 스탁필드에는 전기가 들어오지 않아 수력을 이용하여 방아를 찧었다.

또 살짝 돌아서 갓난아이처럼 약해져서 몇 해를 끌었지. 그러고 나니 이번엔 그의 아내 지나 차례였어. 우리 마을에서 병간호하는 데는 늘 지나를 따를 사람이 없었는데 말씀이야. 말하자면 이선의 밥상에는 첫술을 뜰 때부터 질병과 걱정거리로 가득 차 있었던 거지."

그다음 날 아침 밖을 내다보았을 때, 바넘네 집 전나무 사이로 등이 굽은 밤색 말 한 마리가 눈에 띄었습니다. 이선 프롬이 다 떨어진 곰 털가죽을 뒤로 제쳐놓고 썰매 위 그의 옆에 내 자리를 만들어주었습니다. 그 뒤 일주일 동안 그는 매일 아침 코베리플래츠까지 나를 태워다주었고, 오후에는 나를 마중 나와 얼음같이 차가운 밤에 스탁필드까지 데려다주었지요. 거리는 편도로 겨우 삼 마일밖에는 되지 않았지만, 말이 늙어 걸음이 느린 데다 썰매날 밑에 눈이 딱딱하게 굳어 있어 길에서 거의 한 시간이나 보냈습니다. 이선 프롬은 왼손에 고삐를 느슨히 쥔 채 말없이 말을 몰았지요. 투구 같은 모자 앞창 아래로 꿰맨 자국이 있는 그의 구릿빛 얼굴의 옆모습이 눈 쌓인 언덕을 배경으로 영웅의 동상처럼 뚜렷하게 윤곽을 드러냈습니다. 그는 한 번도 내게 얼굴을 돌리는 법이 없었고, 내가 묻는 말이나 용기를 내어 던지는 가벼운 농담에도 짧게 한두 마디로밖에는 대꾸하지 않았지요. 그는 말없는 우울한 풍경의 한 부분인 것만 같았고, 그의 마음속

온기와 모든 느낌이 표면 밑에 꽁꽁 매여 있는, 말하자면 얼어붙은 슬픔의 한 화신과 같았습니다. 하지만 그의 침묵 속에 어떤 적의가 배어 있는 것은 아니었지요. 나는 다만 쉽게 접근하기에는 너무나 깊은 정신적 고립 속에 그가 살고 있다는 것을 느낄 따름이었습니다. 또한 그의 외로움이 단지 비극적이리라 생각되는 개인적인 곤경의 결과만이 아니라, 그 외로움 속에는 하먼 가우가 넌지시 말한 것처럼 스탁필드의 여러 해 겨울의 추위가 깊이 축적되어 있다는 느낌을 받았던 겁니다.

겨우 한두 번 우리 두 사람 사이에 잠시 다리가 연결되었습니다. 이렇게 몇 번 힐긋 그를 보자 그에 대해 좀더 알고 싶은 욕망이 생겼습니다. 한번은 우연히 그 전해에 플로리다* 주에서 맡았던 토목공사 일에 대해, 우리 주위의 겨울 풍경과 그 전해 내가 겪었던 겨울 풍경과의 차이에 대해 이야기한 적이 있었습니다. 그랬더니 놀랍게도 프롬이 갑자기 이렇게 말하는 거였습니다. "그렇소. 나도 한 번 거기까지 내려가본 일이 있었소. 그 후 한동안은 겨울에 그곳의 모습을 떠올릴 수 있었다오. 지금은 모두 다 눈 속에 파묻혀버렸소만."

그는 더 이상 말을 하지 않았습니다. 그래서 나는 그 나머지를

* 대서양 연안 미국 최남단에 위치한 플로리다 주는 일 년 중 겨울이 절반가량을 차지하는 뉴잉글랜드의 사람들한테는 선망의 땅이었다.

그의 목소리의 억양과 갑자기 침묵으로 되돌아간 사실로 추측해 낼 수밖에 없었지요.

또 한번은 플래츠에서 기차를 타자마자 기차 안에서 읽으려고 챙겼던 일반 대중용 과학 서적이—생화학 분야에서 새로 발견한 어떤 것에 관한 책이었다고 생각되는데—없어진 것을 알았습니다. 나는 그날 저녁 다시 썰매에 올라타서 프롬이 이 책을 손에 쥐고 있는 것을 볼 때까지 이 책에 대해 까맣게 잊어버리고 있었습니다.

"선생이 떠난 뒤 이 책을 발견했소." 그가 말했습니다.

나는 그 책을 호주머니 속에 도로 집어넣었고, 우리들은 또다시 보통 때와 같이 침묵에 잠겼습니다. 하지만 코베리플래츠에서 스탁필드 산등성이로 긴 고개를 올라가기 시작했을 때, 나는 그가 어둠 속에서 내 쪽으로 얼굴을 돌린 것을 깨달았습니다.

"그 책엔 첫 글자부터 알 수 없는 말들이 적혀 있더군요." 그가 말했습니다.

나는 그의 말 자체보다도 그의 어조가 이상스럽게 원한에 차 있어 놀랐습니다. 그는 자신이 무식한 것에 당황한 빛이 역력했으며 그 사실에 약간 화가 나 있었습니다.

"그런 종류의 것들에 흥미가 있나요?" 내가 물어보았습니다.

"예전에는 그랬소."

"그 책에는 한두 가지 새로운 사실이 실려 있어요. 그쪽 계통 연구에 최근 큰 발전이 있었답니다." 나는 잠시 기다렸지만 그는 끝내 대답을 하지 않았지요. 그래서 나는 "만약 그 책을 읽어 보고 싶으시면 드리지요" 하고 말했습니다.

그는 잠시 망설였습니다. 조수처럼 슬며시 밀려오는 무기력한 허탈 상태에 자기를 내맡기려는 듯한 인상을 받았지요. "고맙소…… 그럼 내가 갖지요." 그가 짤막하게 말했습니다.

나는 이 우연한 사건으로 우리 둘 사이에 좀더 직접적인 의사소통이 이루어지기를 바랐습니다. 프롬은 아주 단순하고 솔직한 사람이라서 그 책에 대한 호기심이 그 주제에 진심으로 흥미가 있어 우러나온 것이라고 확신할 수 있었습니다. 그러한 상황에 놓여 있는 사람으로서 이런 취향과 식견을 가지고 있다는 것이 그의 외적 상황과 내적 요구 사이에 더욱 뚜렷한 대조를 이루었습니다. 그래서 그 내적 요구를 표현할 수 있는 기회가 있으면 그의 입이 열릴 것으로 기대했습니다. 하지만 그의 과거 경력이나 현재의 생활 방식의 그 무엇 때문에, 어떤 우발적인 충동으로 그를 다시 인간 사회로 이끌어 내기에는 너무나 깊게 자기 자신 속에 파묻혀 있었습니다. 그 뒤 다시 만났을 때 그는 그 책에 대해서는 한마디도 언급하지 않았습니다. 그래서 우리의 교류는 여전히 부정적이고 일방적인 것으로 남아 있을 수밖에 없는 운명에 놓인 것 같았습니다. 마치 그의 침묵을 한 번도 깨뜨려본 적이 없었던 것처럼 말입니다.

프롬이 나를 플래츠까지 태워다준 지 일주일쯤 지난 어느 날 아침, 창밖을 내다보니 눈이 내려 수북하게 쌓여 있었습니다. 정원의 담장과 교회의 벽을 따라 흰 파도처럼 높이 쌓인 눈으로 보아 밤새도록 모진 눈바람이 몰아친 것 같았고, 모르긴 몰라도 확 트인 벌판에는 바람이 불어와 눈이 꽤 수북히 쌓인 것 같아 보였습니다. 그래서 기차가 연착될지 모른다는 생각이 들었지요. 하지만 나는 그날 오후 한두 시간은 발전소에 있지 않으면 안 되었습니다. 그래서 만약 프롬이 나타난다면 무리를 해서라도 플래츠까지 가 기차가 올 때까지 기다릴 생각이었지요. 하지만 왜 내가 그 일을 가정법으로 생각했는지는 알 수 없는 일이었습니다. 왜냐하면 프롬이 나타나리라는 것을 지금까지 한 번도 의심해본 적이 없었기 때문이었지요. 그는 날씨가 나쁘다고 해서 일을 그만둘 그런 사람이 아니었던 겁니다. 아니나 다를까 예정된 시간이 되자 그의 썰매가 점점 짙어지는 면사포 같은 엷은 안개를 뒤로한 채 무대에 등장하는 유령처럼 눈 속을 뚫고 미끄러져 왔습니다.

나는 그를 잘 알고 있었기 때문에 그가 약속을 지킨 데 대해 놀라거나 고마움을 표하지 않았습니다. 하지만 그가 코베리 도로 반대쪽으로 말머리를 돌리자, 놀라 소리를 지르지 않을 수 없었습니다.

"화물차 한 대가 플래츠 아래쪽에 바람이 불어와 수북히 쌓인 눈에 갇히는 바람에 철로가 막혀버렸소." 그가 눈부신 흰 눈 속으로 마차를 몰면서 설명했습니다.

"하지만…… 그렇다고 나를 어디로 끌고 간단 말입니까?"

"지름길로 해서 곧장 정션으로 가야지요." 그는 채찍으로 스쿨하우스 힐 쪽을 가리키면서 대답했습니다.

"정션이라니, 이런 눈보라에 말입니까? 아니, 족히 십 마일은 될 텐데요!"

"시간만 주면 이 말로 갈 수 있을 거요. 오늘 오후에 거기 일이 있다고 하지 않았소. 그곳에 꼭 데려다주겠소."

그가 하도 조용조용 말하는 바람에 나는 "저한테 참으로 친절하십니다" 하고 대답할 수밖에 없었지요.

"괜찮소." 그가 대답했습니다.

학교 건물과 나란히 나 있는 도로는 둘로 가라졌고, 우리는 눈의 무게에 짓눌려 안쪽으로 구부러진 솔송나무 나뭇가지 사이로 나 있는 왼쪽 오솔길을 따라 내려갔습니다. 나는 일요일에 가끔 이 길로 산책을 나간 일이 있어 고개 아래의 앙상한 나뭇가지들 사이로 보이는 외딴 지붕이 프롬의 목재소 지붕임을 알고 있었습니다. 황백색 거품이 흩어지는 검은 시내 위에 놓고 서 있는 물레바퀴와 흰 눈에 눌려 축 처진 헛간들이 달린 이 목재소*는 도무지 생기가 없어 보였습니다. 그곳을 지날 때 프롬은 고개도 돌리지 않았고 아무 말 없이 그다음 언덕을 올라가기 시작했지요. 일 마일쯤 더 가 내가 한 번도 가본 적이 없는 길에서 우리는 황폐해진 사과나무 과수원에 닿았습니다. 그런데 그 과수원은 숨을 쉬기 위하여 코를 내밀고 있는 짐승처럼 눈 속에서 파고 나온 판석 사이에서 언덕 위로 꿈틀거리고 있었습니다. 그리고 과수원 건너편에는 바람이 불어와 수북히 쌓인 눈 때문에 들판이 경계선도 없이 펼쳐 있었습니다. 그 들판 위에는 땅과 하늘의 무한한 흰빛을 배경으로 이 풍경을 한층 더 외롭게 보이게 하는 뉴잉글랜드의 외로운 농가 중의 한 채가 웅크리고 있었지요.

"저게 우리 집이오." 프롬이 불구가 된 팔꿈치를 옆으로 들어 올리며 말했습니다. 그 풍경이 안겨주는 고통과 압박감에 나는 뭐라고 대답해야 좋을지 몰랐지요. 어느덧 눈은 그치고 흐르는 물 같은 햇살이 섬광처럼 우리 위쪽 비탈길에 있는 그 애처롭고 누추한 집을 드러냈습니다. 검은 유령 같은 낙엽성 넝쿨식물이 현관에서 펄럭거렸고, 페인트칠이 떨어져 나간 얇은 나무

* 전기가 들어오지 않아 이 무렵 물방앗간과 마찬가지로 목재소도 수력을 이용해 재목을 잘랐다.

벽은 눈이 그치면서 불기 시작한 바람 속에서 떨고 있는 것 같았습니다.

"아버지께서 살아 계실 땐 저 집도 지금보다 컸다오. 얼마 전에 '엘(L)'을 허물어야 했소." 프롬은 부서진 대문으로 들어가려고 하는 말을 왼쪽 고삐를 잡아당겨 제지하며 말했습니다.

이 말을 듣고 이 집이 유난히 외롭고 위축되어 보이는 까닭이 부분적으로는 뉴잉글랜드에서 '엘'로 알려진 부분을 없애버렸기 때문이라는 걸 알았습니다. '엘'이란 보통 본채와 직각으로 지은 길고 지붕이 높은 부속 건물로, 헛간과 연장간을 거쳐 장작 창고와 소 외양간과 연결되어 있었습니다. 이 '엘'이 본채보다 더 뉴잉글랜드 농가의 중심이며 초석처럼 보이는 것은 분명했습니다. 그 상징적 의미, 그러니까 땅과 연관되어 있고 그 자체로 따뜻함과 자양분의 주요 원천을 포함하고 있는 삶에 대해 그 '엘'이 가지고 있는 이미지 때문인지 모르지요. 그것이 아니라면 단순히 '엘'이 추운 기후에 사는 주민이 바깥에 나가지 않고서도 아침 일을 시작할 수 있게 해주는 편리한 생각 때문인지도 모릅니다. 어쩌면 스탁필드 주변을 산책하면서 내 머리에 자주 떠오르던 생각들이 이렇게 연결되어 있는 탓에 프롬의 말에서 서글픈 어조를 듣게 되고, 줄어든 그 집에서 프롬의 움츠러진 육체를 보는 것 같기도 했습니다.

"지금은 왕래가 다소 줄어들었소만," 그가 덧붙였습니다. "철도가 플래츠까지 뚫리기 전엔 이 길이 꽤 붐볐다오." 그는 걸음이 느려지는 밤색 말을 다시 한번 고삐를 잡아당겨 정신을 들게 했습니다. 그러고 나서 마치 그 집을 본 내가 그의 비밀을 너무 깊숙이 알게 되어 이제는 더 침묵을 지킬 구실이 없어지기라도 한 듯이 천천히 말을 이었습니다. "우리 어머니께서 제일 괴로워하신 것이 바로 저것 때문이라고는 늘 생각해왔소. 움직이지도 못할 만큼 관절염으로 무척 고생하실 때, 늘 저기에 나와 앉아 몇 시간이고 길만 내다보고 계셨소. 어느 해인가 홍수가 나서 베츠브리지 유료 도로를 여섯 달에 걸쳐 보수한 적이 있었소. 그래서 하먼 가우가 역마차를 몰고 이 길로 돌아가야 했다오. 그땐 어머니도 원기를 회복해 거의 매일같이 문간까지 내려와 하먼을 만났소. 하지만 기차가 다니기 시작한 뒤부터는 이렇다 할 만한 사람이 아무도 이쪽으로 오는 일이 없어졌고, 어머니는 도대체 무슨 영문인지 이해할 수 없었지요. 그래서 돌아가실 때까지 줄곧 저것 때문에 무척 마음 상해 하셨다오."

코베리 도로에 들어서자 다시 눈이 내리기 시작하여 그 집도 시야에서 사라지게 되었습니다. 눈과 함께 프롬의 침묵도 되돌아와 우리 두 사람 사이에 전과 같이 무언(無言)의 면사포가 드리워졌지요. 이번에는 눈이 다시 내리기 시작했는데도 바람이 그치지 않았습니다. 그치기는커녕 모진 강풍으로 변했습니다. 그리고 그 강풍은 이따금 넝마처럼 갈기갈기 찢어진 하늘에서 창백한 햇빛을 쓸어다가 아무렇게나 뒹굴고 있는 풍경 위에 내던졌습니다. 하지만 밤색 말은 프롬이 하는 말처럼 든든했지요. 그래서 우리는 황량한 백색 풍경을 헤치고 정션까지 밀고 나갔습니다.

오후에 눈보라가 그쳤고, 경험이 없는 내 눈에도 서쪽 하늘이 훤한 것이 저녁에는 날씨가 갤 것 같아 보였습니다. 나는 가능한 한 일을 빨리 끝내고 저녁 식사 전까지는 스탁필드에 도착하겠다는 기대를 품고 길을 나섰습니다. 하지만 해가 지자 구름이 다시 몰려왔고 밤도 더 일찍 찾아왔지요. 바람 없는 하늘에서는 눈이 줄기차게 퍼부어대기 시작했습니다. 아침의 강풍과 소용돌이보다도 더 혼란스럽게 천지를 부드럽게 뒤덮었습니다. 그것은 짙어져가는 어둠의 한 부분인 듯했고, 겨울밤 자체가 우리 위에 겹겹이 내려 쌓이는 듯했지요.

프롬의 초롱불에서 나오는 작은 불빛은 이 질식할 듯한 대기 속에서 곧 빛을 잃어버렸습니다. 그의 방향감각과 밤색 말의 집을 찾는 귀소본능까지도 마침내 아무 쓸모가 없게 되었지요. 두세 번쯤 유령처럼 갑자기 이정표가 나타나 우리에게 길을 잘못 들었음을 경고해주었지만, 우리는 다시 안개 속으로 빨려 들어갔습니다. 마침내 길을 겨우 다시 찾았을 때에는 늙은 말이 지친 기미를 보이기 시작했지요. 나는 프롬의 제안을 받아들인 것에 대해 스스로를 책망했습니다. 잠시 상의한 끝에 나는 썰매에서 내려 말 옆에서 눈 속을 걸어가게 해달라고 그를 설득했습니다. 이렇게 일이 마일을 더 힘들여 걸어가 마침내 어떤 지점에 이르렀습니다. 그러자 프롬이 나에게는 형체도 없는 밤처럼 보이는 어떤 곳을 뚫어지게 바라보더니 "저 아래 저것이 우리 집 대문이오" 하고 말하는 겁니다.

이 마지막 코스는 이 노정에서도 가장 힘든 부분이었습니다. 혹독한 추위와 무거운 발걸음 때문에 거의 숨이 막힐 것 같았습니다. 말의 옆구리에 손바닥을 대자 마치 시계처럼 째깍째깍 소리가 나는 것을 느낄 수 있었습니다.

"이보십시오, 프롬 씨." 내가 입을 열었습니다. "이젠 더 이상 가봤자 소용이 없을 것 같군요……" 하지만 그는 내 말을 가로막으며 "당신도 그럴 필요 없소. 누구에게라도 이것만으로 충분한 것 같소" 하고 말했습니다.

이 말을 나는 그가 농장에서 하룻밤을 재워주겠다는 것으로 이해했습니다. 그래서 아무 대답도 하지 않고 그를 따라 문으로 들어가서 마구간까지 갔습니다. 마구간에서 그를 도와 말의 장구를 벗기고 지친 말에게 짚을 깔아주었지요. 이 일이 끝나자 그는 썰매에서 초롱불을 집어 들고 다시 어두운 밤 속으로 걸어 들어가 어깨 너머로 "이쪽이오" 하고 나에게 소리쳤습니다.

우리 위쪽의 사각형 불빛이 장막을 친 것 같은 눈 사이에서 흔들렸습니다. 나는 프롬의 발자국을 따라 비틀거리며 그 불빛을 향해 나아가다가 어둠 속에서 집 앞에 수북이 쌓인 눈 더미 속에 하마터면 빠져버릴 뻔했지요. 프롬은 미끄러운 현관 계단을 기어 올라가면서 무거운 장화로 눈 속에 길을 만들어놓았습니다. 그러고 나서 초롱불을 높이 쳐들고 빗장을 찾고는 앞장서서 집 안으로 들어갔습니다. 나는 그를 따라 불이 켜 있지 않은 천장이 나지막한 복도로 들어갔지요. 복도 뒤쪽에는 사다리 같은 계단이 컴컴한 어둠 속으로 이어지고 있었습니다. 오른쪽에 불빛 한 줄기가, 밤을 가로질러 불빛이 새어나오던 그 방의 문을 드러내 보였습니다. 그 문 뒤에서 투덜대는 듯한 단조로운 여자 목소리가 들려왔습니다.

프롬은 바닥에 깔린 해어진 유포(油布) 위에 탕탕 발을 구르며 장화에서 눈을 털어내고, 복도에 있는 유일한 가구인 부엌 의자 위에 초롱불을 내려놓았습니다. 그러고 나서 문을 열었습니다.

"들어오시오." 그가 말했습니다. 그가 이렇게 말하자 단조로운 목소리는 더 이상 들리지 않았습니다……

내가 이선 프롬에 관한 단서를 찾고 그의 이야기에 관한 이 환상*을 짜 맞추기 시작한 것은 바로 그날 밤이었습니다……

. . . .

. . . .

. . . .

* 이 '환상'이라는 낱말과 길게 늘어놓은 말줄임표를 시작으로 이 작품의 화자는 이십사 년 전으로 거슬러 올라가 이선 프롬의 이야기를 시작한다. 이디스 워턴은 이 작품에서 액자소설의 형식을 취한다.

제1장

마을은 이 피트나 되는 눈으로 뒤덮여 있었고, 바람이 몰아치는 구석구석에는 눈이 수북히 쌓여 있었다. 강철 같은 하늘에는 북두칠성*의 뾰족뾰족한 끝이 고드름처럼 걸려 있었고, 오리온자리**는 그 차가운 불빛을 번쩍이고 있었다. 달은 벌써 졌지만 밤이 너무 투명하여 느릅나무 사이로 보이는 흰 집 정면이 흰 눈을 배경으로 잿빛으로 보였고, 관목의 수풀들이 눈 위에 검은 점

---

* 큰곰자리 꼬리와 엉덩이 부분에 있는 일곱 개의 별. 서양에서나 동양에서나 국자 모양으로 파악한다. 이 별자리는 흔히 인간의 수명을 주관한다고 믿어왔다.

** 그리스신화에 등장하는 몸집이 크고 힘센 미남 사냥꾼 오리온의 이름을 따서 붙인 성좌. 겨울 별자리인 오리온자리 별들은 워낙 밝기 때문에 도시에서도 볼 수 있다.

을 박아놓았으며, 교회당 지하실 창에서는 끝없이 펼쳐진 언덕을 가로질러 멀리까지 노란 불빛이 새어 나왔다.

나이가 젊은 이선 프롬은 빠른 걸음으로 은행과 마이클 이디의 새로 지은 벽돌집 가게와 대문 옆에 검은 노르웨이 전나무 두 그루가 서 있는 바님 변호사의 집을 지나 인적이 끊긴 길을 따라 걸어갔다. 코베리 계곡으로 이어지는 길에 있는 바님의 집 대문 맞은편에는 교회당이 뾰족한 흰색 첨탑과 좁은 주랑을 들어 올리고 서 있었다. 이 청년이 교회당 쪽으로 걸어가는 동안 위쪽에 있는 창들이 건물의 측벽을 따라 서 있는 검은 아치식 복도를 드러내 보이고 있었다. 하지만 땅이 코베리 도로 쪽으로 가파르게 내려가는 쪽에 있는 낮은 창들에서는 불빛이 길게 새어 나오고 있었다. 그 불빛에 지하실로 가는 길에는 새로 파놓은 많은 고랑이 드러나 있었고, 집 옆에 붙어 있는 헛간 아래에는 두꺼운 담요를 뒤집어 쓴 말들과 한 줄로 늘어선 썰매들*이 보이기도 했다.

밤은 쥐 죽은 듯 고요했고, 대기는 아주 건조하고 청명해서 추위를 거의 느낄 수 없었다. 프롬은 오히려 완전한 진공상태에 있는 것 같은 느낌을 받았다. 마치 그의 발밑에 있는 흰 땅 덩어리

* 말 한 필이 끄는 눈썰매. 눈이 많이 내리는 겨울철에 뉴잉글랜드 지방의 중요한 교통수단으로 쓰인다.

와 머리 위 금속으로 된 것 같은 둥근 하늘 사이에는 에테르처럼 희박한 무언가가 가득 차 있는 같았다. '공기를 뺀 유리 그릇* 속에 들어가 있는 것 같군.' 그는 생각했다. 사오 년 전 그는 우스터**에 있는 한 공과대학에서 일 년간 공부하면서 어떤 친절한 물리학 교수의 실험실에서 일한 적이 있었다. 그래서 그 경험을 통해 얻은 이미지가 아직도 예기치 않은 순간에 불쑥 나타나곤 했다. 그 뒤 지금까지 그가 줄곧 살아온 것과는 전혀 다른 연상 작용을 통해서 말이다. 아버지의 죽음과 그에 따른 여러 불행한 일 때문에 이선은 학업을 중도에 포기하지 않으면 안 되었다. 그의 공부가 실용적으로 써 먹을 정도까지는 미치지 못했지만, 그의 공상을 채워주고 일상사의 표면 뒤에 있는 크고 구름처럼 막연한 의미를 깨닫게 해주는 데는 충분했다.

눈 속을 헤치고 걸어가면서 그런 의미에 대한 느낌이 그의 머릿속에서 환하게 빛났고, 빨리 걷자 생긴 몸의 열기와 하나가 됐다. 마을이 끝나는 곳에 위치한 교회당의 어두운 정면 앞에서 그

* 가스를 보관하는 데 사용하는 용기로 그 안에 들어 있는 공기를 뺀다. 물리학에서는 진공상태를 만드는 종 모양의 유리 그릇.

** 매사추세츠 주 중부에 위치한 도시. 보스턴 다음가는 제2의 도시로 주 중부의 교통 중심지이다. 17세기에 영국에서 건너온 이주자들이 건설한 이 도시는 독립 무렵부터 섬유공업이 발달하여 1854년 우스터 공과대학을 설립했다.

는 멈춰 섰다. 잠시 그곳에서 숨을 가쁘게 몰아쉬면서 사람의 그림자 하나 움직이지 않는 길을 아래위로 훑어보았다. 바넘 변호사 집의 전나무 아래로 난 코베리 도로의 비탈길은 스탁필드 사람들이 가장 좋아하는 썰매타기 장소였다. 그래서 맑게 갠 저녁이면 늦게까지 교회당 모퉁이는 썰매 타는 사람들의 떠드는 소리가 낭랑하게 울려 퍼졌다. 하지만 오늘 밤은 하얀 이 긴 내리막을 검게 만드는 썰매라곤 하나도 보이지 않았다. 깊은 밤의 정적이 마을을 뒤덮고 있었다. 아직 잠자리에 들지 않고 깨어 있는 사람들은 모두 교회당 창문 뒤에 모여 있었고, 그 창문에서는 지금 넓게 퍼지는 노란 불빛과 함께 댄스곡이 흘러나오고 있었다.

청년은 교회 건물의 옆을 돌아 지하실 문을 향해 비탈길을 따라 내려갔다. 안에서 흘러나오는 불빛에 모습이 비치기라도 할까봐 아직 아무도 밟지 않은 눈 쪽을 한 바퀴 돌아 지하실 벽의 먼 모서리 쪽으로 조금씩 다가갔다. 그곳에서부터 그는 벽 그림자에 바짝 붙은 채 조심조심 가장 가까운 창문까지 걸어 나갔다. 그러고 나서 곧고 여윈 몸을 뒤로 젖혀 방 안을 엿볼 수 있을 때까지 목을 길게 늘어뜨렸다.

그가 서 있는 청명하고 얼어붙을 것만 같은 어둠 속에서 바라보는 교회 안의 광경은 마치 증기열로 들끓는 듯했다. 가스등의 금속 반사판들이 하얗게 칠한 벽에 조야한 빛의 파장을 내뿜고 있었다.* 그리고 홀 끝에 있는 쇠난로의 옆구리는 마치 화산 불로 부풀어 오르는 것 같았다. 홀 바닥은 젊은 남녀로 가득 차 있었다. 창문 맞은편 벽 아래에는 부엌 의자가 나란히 놓여 있었는데, 늙은 부인들이 거기에서 막 일어나는 참이었다. 음악은 이미 끝나버렸고, 악사들**은—바이올린을 켜는 한 사람과 일요일에 교회에서 풍금을 치는 젊은 부인 말이다—홀 끝에 있는 단상 위에 차려놓은 저녁상 한구석으로 가 서둘러 배를 채우고 있었다. 저녁상에는 게걸스럽게 먹다 남은 파이 접시와 아이스크림 접시가 한 줄로 놓여 있었다. 손님들은 떠날 준비를 하고 있었다. 외투와 숄이 걸려 있는 복도 쪽으로 사람들이 떼를 지어 몰려오기 시작하는데, 날랜 발과 덥수룩한 검은 머리카락을 한 젊은이가 쏜살같이 홀 한복판으로 뛰어나와 손뼉을 쳤다. 신호를 보내자 곧 효과가 나타났다. 악사들은 서둘러 악기가 있는 곳으로 왔고, 춤을 추던 사람들은—몇 사람은 벌써 떠나려고 반쯤 외투를 걸치고 있었다—홀 양쪽에 나란히 줄을 지어 섰고, 나이 먹은 구경꾼들은 다시 의자에 가 앉았다. 그 활기찬 청년은

* 전기 시설이 없는 스탁필드에서는 교회에서도 조명으로 가스등을 쓰고 있다.

** 이 무렵 조합과 교회에서 악사를 불러 춤을 춘다는 것은 불가능한 일이었을 것이라고 지적하는 비평가가 있다. 그러나 이디스 워턴은 작품의 플롯을 위해 역사적 사실을 조금 과장했다.

사람들 속을 이리저리 뛰어다니는가 싶더니 어느새 머리에 체리색 '스카프'*를 두르고 있던 한 젊은 여자를 끌어냈다. 그리고 홀 끝으로 데리고 가서는 경쾌한 버지니아 릴**의 가락에 맞추어 방의 다른 끝까지 빙빙 돌면서 춤을 췄다.

프롬의 심장이 방망이질하듯 뛰었다. 그는 체리색 스카프 밑의 검은 머리를 쳐다보려고 애썼다. 자기 눈보다 다른 사람의 눈이 더 빨랐다는 사실에 그만 화가 치밀어 올랐다. 혈관에 아일랜드계의 피가 흐르는 듯, 릴 춤을 리드하는 청년은 춤을 곧잘 추었고 그의 파트너도 그의 정열에 감염되어 있었다. 좌우에 늘어서 있는 줄을 지나갈 때 그녀의 가벼운 몸매가 점점 빨리 이 손에서 저 손으로 원을 그리며 돌아갔고, 스카프는 머리에서 흘러내려 어깨 뒤에 걸쳐져 있었다. 한 번씩 돌 때마다 프롬은 그녀가 웃으면서 가쁘게 숨쉬는 입술, 이마 주위에 구름처럼 떠도는 검은 머리카락, 그리고 미궁과도 같이 이리저리 날아다니는 율동에서 유일하게 고정된 점처럼 보이는 검은 눈동자를 찾

* 여성의 얼굴과 목에 두르는 레이스를 크로셰 뜨개질하여 만든 천. 매티 실버가 즐겨 두르는 붉은색 스카프는 젊음과 역동적 삶을 상징한다.

** 남녀가 짝을 지어서 추는 활달한 미국 컨트리 댄스. 영국인 식민지 개척자들과 함께 버지니아에 들어온 '로저 드 커벌리 경'이라는 춤이 발전하여 이 춤이 되었다. 버지니아 릴은 남녀가 짝지어 마주 보고 두 줄로 길게 늘어서서 앞으로 나아가며 추는 춤이다.

아냈다.

춤추는 사람들은 점점 빨리 돌았고, 악사들도 그 동작에 맞추느라 마지막 직선 코스에 돌입하는 경마 기수가 말을 채찍질하듯이 열심히 악기를 탔다. 하지만 창가에 서 있는 청년에게는 춤이 언제까지나 끝날 것 같지 않았다. 이따금 그는 처녀의 얼굴에서 눈을 떼어 그 파트너의 얼굴을 쳐다보았다. 한껏 기분이 들떠 있는 그는 거의 뻔뻔스런 소유권자의 얼굴을 하고 있었다. 데니스 이디는 야심만만한 아일랜드계 식료품 상인 마이클 이디의 아들이었다. 마이클은 비위를 잘 맞추고 또 뻔뻔한 방식으로 '약삭빠른' 장삿술이 어떤 것이라는 것을 처음으로 스탁필드 주민에게 보여준 사람이었다. 새로 지은 벽돌집 가게는 그의 시도가 성공을 거두었다는 사실을 여실히 입증해주었다. 그의 아들 역시 아버지의 뒤를 따르는 것 같았다. 아들은 똑같은 기술을 지금은 스탁필드의 처녀들을 정복하는 데 쓰고 있었다. 지금까지 이선 프롬은 그를 비열한 인간이라고 생각하는 것으로 만족해왔다. 하지만 이제는 채찍질을 받아야 마땅할 녀석이라고 생각했다. 방 안의 처녀가 이것을 깨닫지 못한 채 넋을 잃고, 같이 춤추는 남자의 얼굴 쪽으로 자기 얼굴을 쳐들고 자기 손으로 남자의 손을 잡고도 남자의 표정이나 촉감에 조금도 기분 나빠하는 기색을 보이지 않는 것이 이상했다.

프롬은 아내의 조카 매티 실버*가 어쩌다 밤에 마을로 놀러 갈 때면 그녀를 데리러 스탁필드까지 걸어가는 것이 습관처럼 되어 있었다. 그녀가 그들과 함께 살러 왔을 때 그녀에게 그런 기회를 주자고 처음 제안한 사람은 그의 아내였다. 매티 실버는 스탬퍼드**에서 왔다. 그녀가 지나를 도와주기 위해 프롬네 집에 왔을 때, 보수를 받지 않기로 했기 때문에 그 이전의 삶과 쓸쓸한 스탁필드 농장 사이에 너무 큰 차이를 느끼지 않게 하는 것이 상책이라고 생각했다. 만약 그렇지 않았다면—프롬은 비웃으면서 생각했다—매티가 여가 시간을 보내도록 배려해줄 생각이 지나의 머리에 좀체 떠오르지 않았을 것이다.

처음 그의 아내가 매티를 가끔 저녁에 외출시키자고 제안했을 때, 그는 농장에서 고된 하루를 보내고 또다시 마을까지 왕복이 마일 길을 걸어가야 한다는 데 불만을 품었다. 하지만 얼마 되지 않아 스탁필드에 매일 밤마다 즐거운 파티가 벌어졌으면 하고 바라는 단계에 이르렀다.

매티 실버는 그의 집에서 일 년 동안이나 지내왔고, 아침 일찍

---

* 은(銀)을 뜻하는 성(姓)이 상징적이다. 매티를 지나의 조카로 번역했지만 원문에는 '사촌'으로 되어 있다. 그러나 성이 서로 다른 것을 보면 조카뻘 되는 먼 친척일 것이다.

** 미국 코네티컷 주 남서부에 있는 도시.

부터 저녁 식사 시간에 만날 때까지 그는 그녀를 자주 볼 수 있었다. 하지만 그녀와 함께 있는 그 어떤 시간도, 서로 팔짱을 끼고 그의 큰 발걸음과 보조를 맞추기 위해 그녀가 날 듯이 가볍게 발걸음을 옮기며 농장으로 함께 밤길을 걸어올 때와는 비교가 되지 않았던 것이다. 그는 플래츠까지 마차를 몰고 마중 나가던 첫날부터 그 처녀를 좋아했다. 그때 그녀는 기차 속에서부터 그에게 미소를 지으며 손을 흔들었고, 짐을 가지고 기차에서 뛰어내리면서 "이선 아저씨지요!" 하고 소리쳤던 것이다. 그러는 동안 그는 그녀의 가냘픈 몸매를 보며 '집안일을 그다지 잘할 수 있을 것 같지 않지만, 어쨌든 애를 태우게 하진 않겠군' 하고 생각했다. 하지만 그의 집에 조금은 희망에 넘치는 한 젊은 생명이 나타난 것이 그저 불이 식은 난로에 다시 불을 지피는 정도의 일은 아니었다. 그 처녀는 그가 처음 생각했던 것보다 훨씬 활기 넘치고 쓸모 있는 사람이었던 것이다. 그녀는 관찰력이 뛰어났고 말귀를 잘 알아들었다. 그래서 이선은 그녀에게 무엇인가를 보여주거나 일러줄 수 있었고, 그가 나눠준 모든 것이 긴 반향과 메아리를 남기고 있어 그가 마음대로 불러올 수 있다고 느낄 때 행복감을 맛볼 수 있었다. 그리고 그 반향과 메아리는 그가 마음만 먹으면 언제나 일깨울 수 있었던 것이다.

이런 정신적 교감의 달콤함을 가장 강렬하게 느낄 수 있는 때는 바로 그들이 농가를 향해 함께 밤길을 걷는 동안이었다. 그는 언제나 주위 사람들보다 자연의 아름다움이 주는 감흥에 예민했다. 중도에 포기한 그의 학업이 이런 감수성에 형체를 부여해주었다. 그래서 가장 불행한 처지에 있을 때라도 하늘과 벌판은 그에게 깊고 힘찬 설득력을 가지고 말하는 것이었다. 하지만 지금까지는 그 감정이 그것을 가져오는 아름다움을 슬픔으로 가린 채 그의 마음속에 소리 없는 아픔으로만 남아 있었다. 그는 이렇게 느끼는 사람이 이 세상에 자기 말고 또 있는지, 아니면 자신이 이 구슬픈 특권의 유일한 희생자인지조차 깨닫지 못했다. 그러다가 똑같은 경이의 감정으로 떨고 있는 또하나의 영혼이 있다는 것을 알게 되었다. 바로 그의 옆에, 같은 지붕 밑에서, 그리고 자신이 제공하는 음식을 먹고 사는 한 사람이 있다는 사실을 알게 되었던 것이다. 그는 그 영혼에게 "저 밑에 저것이 오리온자리고, 그 오른쪽의 저 큰 것이 알데바란*이란 별, 그리고 떼 지어 있는 저 조그마한 별들은—마치 벌 떼처럼 말이야—플레이아데스성단(星團)**이고 …… " 하고 말할 수 있는 영혼 말이다.

* 황소자리의 알파별. 히아데스성단(星團)과 같이 놓여 있지만 이는 우연일 뿐 성단의 일부가 아니다.

** 황소자리에 있는 산개성단. 이십팔 수 가운데 묘수(昴宿)에 해당한다. 영어권에서는 '일곱 자매', 뉴질랜드에서는 '마타리키', 일본에서는 '스바루'라고 부른다.

또는 그가 양치식물 사이를 뚫고 나온 화강암의 바위 선반 앞에서 빙하시대의 거대한 파노라마와, 그 뒤의 막연하고도 기나긴 시대를 펼쳐 내보이는 동안 넋을 잃는 바로 그런 영혼 말이다. 매티가 그의 학식에 대해 느끼는 경탄이 그가 가르쳐준 것에 대한 경이감과 서로 섞인다는 사실이 그에게는 적지 않은 즐거움이었다. 그리고 뭐라고 정의 내릴 수는 없지만, 그보다 더 아름다운 느낌이 있었다. 이를테면 겨울 언덕 뒤의 차갑고 붉은 저녁노을, 추수를 끝마친 황금색 그루터기 언덕 위에 떠도는 구름, 또는 햇살이 눈부시게 내리쬐는 흰 눈 위에 던져진 솔송나무의 짙고 푸른 그림자들…… 이런 느낌이 말없는 환희의 충격 속에서 그들을 서로 가깝게 만드는 것이었다. 언젠가 한번은 그녀가 "꼭 그림을 그려놓은 것 같아요!" 하고 말하자, 그 순간 이선은 정의를 내리는 기술이 이보다 더 나을 수 없을 듯했고, 마침내 그의 비밀스런 영혼을 표현할 수 있는 말을 찾아낸 듯했다……

교회당 밖 어둠 속에 서 있는 동안, 그에게 이런 추억이 사라져버린 것들에 대한 날카로운 아픔으로 되돌아왔다. 이 손에서 저 손으로 방 안을 빙빙 돌고 있는 매티를 바라보며 그는 무미건조한 자신의 이야기에 그녀가 흥미를 가졌다고 생각했던 것이 이상하게 느껴졌다. 그녀와 함께 있을 때 말고는 한 번도 즐거워해본 일이 없는 그에게 지금 그녀가 즐거워하는 모습이 그녀의 무관심을 똑똑히 입증해주는 것 같았다. 같이 춤추고 있는 상대방을 바라보는 그녀의 얼굴은 그녀가 이선을 대할 때 언제나 저녁노을을 받고 있는 유리창처럼 보이던 바로 그 얼굴이었다. 어리석게도 그녀가 자신을 위해 간직하고 있는 것이라고 생각했던 두세 가지 몸짓도 눈에 띄었다. 흥겨워할 때 마치 웃음을 입 밖으로 터뜨리기 전에 그것을 맛보려는 듯 고개를 뒤로 젖히는 몸짓, 그리고 무엇이 자기를 기쁘게 하거나 감동을 주면 천천히 눈꺼풀을 내리깔는 바로 그 몸짓 말이다.

그 광경을 바라보며 그는 불행하다고 느꼈고, 그 불행 때문에 마음속에 잠복해 있던 불안감이 고개를 쳐들었다. 그의 아내는 지금까지 매티를 시기하는 빛을 보인 적이 한 번도 없었지만, 요즘 와서는 부쩍 집안일에 대한 불평이 점점 심해졌고 그 처녀의 무능에 대해 넌지시 주의를 환기시켰다. 지나는 스탁필드 마을 사람들이 부르는 대로 언제나 '병을 달고 사는' 사람이었다. 프롬도 만약 자기 아내가 그녀가 믿는 것만큼 아프다면, 농장으로 돌아오는 밤길에 그렇게도 가볍게 자기와 팔짱을 낀 그 팔보다 더 굳센 팔을 가진 사람의 도움이 필요하다는 사실을 인정하지 않을 수 없었다. 매티는 천성적으로 집안일을 돌보는 성품을 지니고 있지 않았고, 아무리 훈련을 받아도 그 결점을 고칠 수 없는 여자였다. 배우는 것은 빨랐으나 금방 잊어버리고 몽상에 빠졌으며 문제를 진지하게 받아들이는 기질이 아니었던 것이다. 이선은 만약 매티가 좋아하는 남자와 결혼하게 되면 잠들어 있는 본능이 깨어날 것이고, 그녀가 만드는 파이나 비스킷 빵이 그 마을의 자랑거리가 될지도 모른다고 생각했다. 하지만 그녀는 추상적 의미의 집안일에는 별로 흥미를 느끼지 못했다. 처음에는 그녀의 동작이 어찌나 서툴렀던지 그는 웃음을 참을 수 없었다. 하지만 그녀도 그를 따라 웃곤 하는 바람에 둘은 오히려 더 좋은 친구가 되었다. 그는 보통 때보다 더 일찍 일어나 부엌 불을 지피는가 하면 자기 전에 장작을 들여오기도 했고, 낮 동안 집에서 그녀를 도와주려고 목재소 일을 게을리 하면서까지 농장 일을 하는 등 매티의 서투른 노력을 보충해주기 위해 최선을 다했다. 심지어 토요일 밤이면 두 여자가 잠이 든 뒤 이층에서 살금살금 내려와 부엌 마루를 닦기까지 했다. 하루는 지나가 뜻하지 않게 그가 우유 젓는 일을 하는 것을 목격하고는, 그녀 특유의 이상야릇한 표정을 지으며 아무 말 없이 돌아서 그냥 나가버린 적도 있었다.

최근에 와서 아내가 못마땅해하는 것이 다른 징후로 나타났다. 그런데 그 징후는 뭐라고 딱 잡아 말할 수 없었지만 훨씬 더 큰 불안감을 주었다. 어느 추운 겨울 아침, 창틀이 잘 맞지 않는 창틈으로 들어오는 외풍으로 가물거리는 촛불을 옆에 두고 어둠 속에서 옷을 주워 입고 있을 때였다. 그의 뒤쪽에 있는 침대에서 그녀가 말하는 소리가 들렸다.

"의사 선생님이 돌봐줄 사람 하나 없이 혼자 있으면 안 된다고 그러더군요." 그녀가 불평을 늘어놓듯 기운 없는 목소리로 말했다.

그는 그녀가 잠을 자고 있다고 생각했고, 그래서 그녀의 말소리에 깜짝 놀랐다. 그녀에게는 오랫동안 몰래 무엇을 숨기는 듯이 침묵을 지키고 있다가 불쑥 말을 터뜨리는 버릇이 있었지만 말이다.

이선은 고개를 돌려 검은 사라사 누비이불 아래 누워 어렴풋한 윤곽을 드러내고 있는 아내를 바라보았다. 광대뼈가 튀어나온 얼굴은 베개의 흰색 때문에 잿빛을 띠고 있었다.

"당신을 돌봐줄 사람이 하나도 없다니?" 그가 되풀이했다.

"매티가 간 뒤 일하는 아이를 둘 수 없다면 말이에요."

이선은 다시 고개를 돌리고 면도칼을 집은 다음 허리를 굽혀 세면대 위 얼룩진 거울에 비친 팽팽하게 잡아당긴 뺨을 바라보았다.

"도대체 왜 매티가 가야 한단 말이오?"

"글쎄, 시집 가게 되면 말이지요." 아내의 느릿느릿한 말소리가 뒤쪽에서 들려왔다.

"아, 당신이 필요로 하는 한 여길 떠나지 않을 거요." 그가 면도칼로 턱을 세게 문지르며 대답했다.

"매티같이 가난한 처녀애가 데니스 이디처럼 똑똑한 청년과 결혼하는 걸 방해했다는 말은 정말 듣기 싫어요." 지나가 자신을 희생하기라도 한다는 듯 구슬픈 말투로 대답했다.

이선은 거울 속에 비친 자기 얼굴을 노려보며 고개를 뒤로 젖혀 귀에서 턱까지 면도칼을 밀었다. 그의 손은 떨리지 않았지만 이 몸짓은 답변을 금방 하지 않는 데 대한 구실이 되었다.

"또 의사 선생님 말씀이, 곁에 아무도 없이 혼자 있으면 안 된다고 그러더군요." 지나가 계속 말했다. "의사 선생님이 우리 집에 올 만한 계집애 하나를 소문 들어 아는데 당신더러 말해보라고 하더군요……"

이선은 면도칼을 놓고 웃으면서 몸을 폈다.

"데니스 이디! 그 때문이라면 일하는 아이를 그렇게 서둘러 구할 필요는 없소."

"글쎄, 그 문제에 대해 당신하고 상의했으면 해요." 지나가 강경하게 말했다.

그는 서둘러 주섬주섬 옷을 입기 시작했다. "좋아. 하지만 지금은 시간이 없소. 지금도 벌써 늦었으니까." 그는 낡은 구식 은시계를 촛불에 비춰 보면서 대답했다.

이 말을 최후통첩으로 받아들이는 듯 지나는 잠자코 남편을 바라보았다. 그동안 그는 어깨 위로 바지 멜빵을 잡아 올리고 웃옷에 팔을 밀어 넣었다. 하지만 그가 문 쪽으로 향하는데 그녀가 갑자기 날카롭게 쏘아붙였다. "늦는 것이 어디 오늘뿐인가요. 요새 와서는 매일 아침 면도를 하더군요."

단도직입적인 그 말이 데니스 이디에게 대한 어떤 막연한 암시보다도 그를 더욱 놀라게 했다. 매티 실버가 온 뒤로 매일 아침 면도를 한 것은 사실이었다. 그의 아내는 그가 겨울 새벽어둠 속에서 그녀의 곁을 떠날 때 늘 잠을 자고 있는 것처럼 보였다. 그래서 어리석게도 그는 그녀가 자기의 외모에 나타난 어떤 변화도 알아채지 못하려니 생각했던 것이다. 지나는 전에도 한두 번 아무 말 없이 일이 일어나도록 그냥 내버려두었다가 몇 주일 지난 뒤 지나가는 말로 슬쩍 쭉 눈여겨보았고, 어찌할지 결론을 내렸노라고 밝히곤 했기 때문에 다소 불안을 느낀 적이 있었다. 하지만 최근 들어서는 이런 막연한 불안을 걱정할 겨를이 없었다. 지나는 가혹한 현실 때문에 실체가 없는 그림자처럼 뒷전에 물러나 있었다. 그의 모든 삶은 이제 매티 실버의 모습을 바라보고 그녀의 목소리를 듣는 데 달려 있는 것 같았다. 그래서 이제 더 이상은 자기 삶이 달라질 거라고 상상할 수도 없었던 것이다. 하지만 그가 교회당 밖에 서서 매티가 데니스 이디와 함께 홀을 빙빙 돌아가며 춤을 추고 있는 모습을 바라보는 지금, 그동안 대수롭지 않게 생각했던 온갖 암시와 위협이 뭉게구름처럼 그의 머리 주위에 일어나는 것이었다……

제 2 장

춤을 추던 사람들이 홀에서 쏟아져 나오자 이선 프롬은 불쑥 튀어나온 이중 덧문 뒤로 물러나 괴상망측하게 몸을 감싼 사람들이 떼를 지어 흩어지는 모습을 바라보았다. 무리 가운데 흔들리는 초롱 불빛 하나가 이따금 음식과 춤으로 벌겋게 상기된 얼굴 하나를 비췄다. 걸어서 갈 이 마을 사람들은 가장 먼저 한길로 이르는 비탈길을 기어 올라가고, 이웃 동네 사람들은 떼를 지어 좀더 천천히 헛간 아래 썰매가 있는 곳으로 발걸음을 옮겼다.

"매티, 썰매 타고 가는 거 아니었어?" 한 여자의 목소리가 헛간 근처에 있는 사람들 속에서 들려왔다. 이 소리를 듣자 이선의 심장이 쿵쿵 뛰기 시작했다. 그가 서 있는 곳에서는 덧문 널빤지 저쪽으로 두어 걸음 걸어 나와야만 홀에서 나오는 사람들을 볼 수 있었다. 갈라진 틈 사이로 "맙소사! 이런 밤에 썰매를 타지 않는다니" 하고 낭랑한 목소리로 대답하는 소리가 들려왔다.

매티는 그때 아주 얇은 널빤지를 사이에 두고 그의 곁에 와 있었다. 다음 순간이면 그녀는 어둠 속으로 발을 디딜 것이다. 어둠에 익은 그의 두 눈은 그녀가 한낮의 햇빛 속에 서 있는 것처럼 똑똑히 알아볼 수 있을 것이다. 갑자기 수줍어진 그는 벽의 컴컴한 모퉁이로 몸을 숨기고는 잠자코 서서 자기가 그곳에 온 것을 그녀에게 알리지 않았다. 처음부터 프롬보다 민첩하고 섬세하며 감정이 풍부한 매티가, 그와 대조되는 모습으로 그를 압도하기는커녕 오히려 그에게 그녀 자신의 편안하고 자유스러운 어떤 것을 가져다주었다는 것은 그들의 교제에서 경이로운 일 중의 하나였다. 하지만 지금 그는 학생 시절 소풍을 가서 우스터의 처녀들을 '웃기려고' 하던 때처럼 서툴고 어색하게 느꼈다.

이선은 뒤로 물러섰고, 매티는 혼자 나와 그가 서 있는 곳에서 몇 야드 떨어진 곳에서 걸음을 멈췄다. 그녀는 거의 맨 마지막으로 홀을 나와서는 그가 왜 모습을 나타내지 않나 하고 생각하듯 주위를 불안스럽게 둘러보았다. 바로 그때 어떤 남자의 모습이 다가와서는 여자의 곁에 다가섰다. 너무 가까이 다가선 탓에 형체가 없는 외투를 입은 그들은 어렴풋한 윤곽 속에 하나로 합쳐진 것처럼 보였다.

"그 신사 친구한테 바람맞았나보군? 맷, 참 안됐어. 그래, 난 다른 여자들에게 말할 만큼 그렇게 비열하지는 않아. 난 그렇게 야비한 놈은 아니라구." (프롬은 그의 값싼 희롱을 얼마나 미워했던가!) "하지만 이것 봐. 우리 꼰대 썰매가 저기 우리를 기다리고 있으니 다행한 일이 아니겠어?"

프롬의 귀에 그녀가 명랑하면서도 의심하는 듯한 목소리로 이렇게 말하는 소리가 들려왔다. "도대체 당신 아버지 썰매가 거기서 무얼 하고 있단 말이에요?"

"물론, 나보고 타라고 기다리고 있는 거지. 밤색에 흰털이 섞인 망아지도 와 있어. 오늘 밤 어쩐지 썰매를 타고 싶은 생각이 들더라구." 이디가 의기양양하게 허풍 떠는 목소리에 감상적인 어조까지 섞어가며 말했다.

매티는 마음을 결정하지 못하고 망설이는 듯했다. 프롬은 그녀가 손가락으로 스카프 끝자락을 만지작거리는 것을 보았다. 이 세상을 다 준다고 해도 그는 그녀에게 어떤 신호를 보내기 싫었다. 비록 자기의 생명이 그녀의 다음 몸짓에 달려 있는 것처럼 보인다 해도 말이다.

"망아지 고삐를 푸는 동안 잠깐만 기다려." 데니스는 헛간으로 껑충 뛰어가면서 그녀에게 소리쳤다.

그의 뒷모습을 쳐다보면서 그녀는 무엇인가 조용히 기대하는 태도로 몸 하나 까닥하지 않고 가만히 서 있었다. 숨어서 지켜보고 있는 사람한테는 고문 같은 아픔이었다. 프롬은 그녀가 이제 더 이상은 어둠 속에서 다른 누군가를 찾으려는 듯이 두리번거리지 않는다는 것을 알았다. 그녀는 데니스 이디가 말을 끌어 내오고 썰매에 올라타 곰 가죽을 훌렁 뒤로 젖혀 자기 옆에 그녀가 앉을 자리를 마련하도록 그냥 내버려두었다. 그러고 나서 그녀는 재빠른 동작으로 뒤로 돌아서서는 교회당 앞쪽에 나 있는 비탈길로 뛰어 올라갔다.

"안녕히 가세요! 재미있게 썰매를 타세요!" 그녀는 어깨 너머로 그에게 소리쳤다.

데니스는 웃고는 말을 채찍질하여 점점 멀어져 가는 그녀 옆에 재빨리 멈추었다.

"자! 어서 타! 이 모퉁잇길이 무척이나 미끄러우니까." 그가 몸을 기울여 그녀에게 손을 내밀며 소리쳤다.

그녀는 웃으며 "안녕히 가세요! 전 안 탈래요" 하고 말했다.

이때 두 사람은 벌써 프롬이 소리를 들을 만한 거리를 벗어나 있었다. 그래서 그는 자기 위쪽의 비탈길을 따라 계속해서 움직이는 그들의 어두운 실루엣의 유령 같은 무언극만을 볼 수 있을 뿐이었다. 조금 뒤 이디가 썰매에서 뛰어내려 고삐를 한 팔에 걸치고 매티 쪽으로 다가가는 것을 보았다. 이디는 다른 팔로 그녀의 팔을 끼려고 했지만 그녀는 재빨리 그를 피했다. 그러자 검은 허공 위로 그네처럼 멀리 떠났던 프롬의 심장이 떨리며 안정된 상태로 다시 돌아왔다. 조금 뒤 떠나가는 썰매의 방울 소리가 들리고 교회당 앞의 눈 덮인 텅 빈 벌판으로 혼자 걸어가는 한 사람이 보였다.

바님네 전나무의 검은 그늘 속에서 그는 매티를 따라잡았고, 그녀는 갑자기 "어머나!" 하고 소리를 지르며 뒤로 돌아섰다.

"맷, 내가 잊은 줄로 생각했지?" 그는 수줍어하면서도 기뻐서 물었다.

그녀는 정색하며 "아저씨가 어쩌면 날 데리러 오지 못할 거라고 생각했어요" 하고 대답했다.

"못 오다니? 도대체 내가 못 올 일이 뭐가 있어?"

"지나 아줌마가 오늘 몸이 아주 불편한 줄 알았어요."

"뭐, 벌써 잠자리에 들어간 지 오래인걸." 그는 한 가지 물어보고 싶은 마음이 간절하여 잠시 말을 멈췄다. "그럼 집에까지 혼자서 걸어올 작정이었단 말이야?"

"아, 전 무섭지 않아요!" 그녀가 웃었다.

두 사람은 전나무 그늘 속에 나란히 섰고, 텅 빈 세상이 수많은 별 아래 그들 주위에서 잿빛으로 넓게 빛났다. 그는 묻고 싶었던 말을 꺼냈다.

"내가 오지 않을 거라고 생각했다면, 왜 데니스 이디와 같이 썰매를 타고 집에 오지 않았어?"

"아저씬 어디 있었던 거예요? 어떻게 그걸 알았어요? 아저씨가 전혀 보이지 않던데요!"

매티의 놀람과 그의 웃음이 눈 녹은 봄날 시내처럼 함께 흘렀다. 이선은 짓궂고 기발한 어떤 일을 한 듯한 느낌을 받았다. 이런 느낌을 오래 간직하고 싶은 나머지 멋진 말을 찾아내려 했지만, 결국 환희에 찬 큰 목소리로 "자, 가자구"라고만 했을 뿐이다.

그는 이디가 했던 대로 그녀의 팔을 슬쩍 끼었고, 자신의 팔이 그녀의 허리를 가볍게 눌렀다고 생각했다. 하지만 두 사람 모두 몸을 움직이지 않았다. 전나무 밑은 너무 캄캄해서 그는 자신의 어깨 곁에 있는 그녀의 머리 모습을 거의 볼 수 없었다. 그는 뺨을 수그려 그녀의 스카프에 비벼대고 싶은 충동이 일었다. 이 어둠 속에서 온 밤을 그녀하고 그곳에 서 있고 싶었다. 그녀는 앞으로 한두 발자국 움직이다가 코베리 도로의 내리막길 위에서 다시 멈췄다. 이 얼음판 비탈길은 썰매에 하도 많이 긁혀 마치 손님들이 손톱으로 긁어놓은 여관방의 거울 같았다.

"달이 지기 전에 꽤 많은 사람들이 썰매를 탔어요." 매티가 말했다.

"우리도 언제 밤에 여기 와서 그들하고 같이 썰매 탈까?" 그가 물었다.

"오, 이선 아저씨, 그래주겠어요? 그러면 얼마나 신날까요!"

"내일 밤 달이 뜨면 오자구."

그녀는 그의 곁으로 바짝 다가와 머뭇거렸다. "네드 헤일과 루스 바넘은 하마터면 저 밑에 있는 느릅나무에 부딪힐 뻔했어요. 우린 모두 그들이 죽는 줄만 알았어요." 그녀가 부르르 떠는 전율이 그의 팔 밑으로 전해 왔다. "그랬다면 얼마나 끔찍했겠어요? 그들은 그렇게도 행복한데!"

"그래, 네드는 썰매를 잘 몰지 못하지. 나라면 널 태우고 무사히 내려갈 수 있지만!" 그는 깔보듯이 말했다.

이선은 지금 자신이 데니스 이디처럼 '허풍 떨고' 있다는 걸 깨달았다. 너무 희열에 찬 나머지 침착함을 잃었던 것이다. 그녀가 "그들은 그렇게도 행복한데!" 하고 말했을 때의 억양이 마치 매티가 자신과 이선에 대해서 생각해온 것처럼 들렸다.

"그래도 저 느릅나무는 위험하니 베어버려야만 해요." 그녀가 우겼다.

"나하고 같이 타도 무서워?"

"전 무서워할 사람이 아니라고 했잖아요." 그녀는 거의 무관심한 듯 말을 받았다. 그러고 나서 갑자기 홱 돌아서서 빠른 걸음으로 걷기 시작했다.

이런 감정의 변화는 이선 프롬에게는 절망이요, 환희였다. 매티의 마음이 움직이는 것은 나뭇가지에서 새가 나는 것처럼 걷잡을 수 없었다. 자신의 감정을 표현하고 그렇게 해서 그녀의 감정을 유도할 권리가 없다는 사실이 그로 하여금 그녀의 표정과 어조의 변화 하나하나에 큰 중요성을 부여하게 했다. 그는 어떤 때는 그녀가 자신의 마음을 알아차렸다는 생각에 두려움을 느꼈다. 그러다가 또 어떤 때는 그녀가 아무것도 모른다고 확신하고 실망을 느끼기도 했다. 오늘 밤은 쌓이고 쌓인 의혹의 압박이 저울대를 실망 쪽으로 기울게 했다. 그리고 그녀의 무관심은 데니스 이디를 쫓아냄으로써 그로 하여금 환희의 흥분을 맛보게 한 뒤라서 더욱 차갑게 느껴졌던 것이다. 그는 그녀와 나란히 스쿨하우스 힐을 올라가 아무 말 없이 잠자코 걸었다. 마침내 그들은 목재소로 가는 오솔길에 이르렀다. 바로 그 순간 정확히 확인하고 싶은 생각이 그의 마음속에 몹시 간절하게 일어났다.

"데니스와 다시 그 마지막 릴 춤만 추지 않았으면, 나를 바로 찾아낼 수 있었을 텐데." 그가 쑥스러운 듯 말을 꺼냈다. 그의 이름을 발음할 때는 목의 근육이 당기는 것을 느끼지 않을 수 없었다.

"어머, 이선 아저씨, 거기에 아저씨가 있는지 어떻게 알 수 있었겠어요?"

"아무래도 사람들 말이 맞는 것 같아." 그는 대답 대신 이렇게 내뱉었다.

그녀가 갑자기 걸음을 멈췄다. 그는 어둠 속에서도 그녀가 재빨리 그의 얼굴 쪽으로 고개를 쳐드는 것을 느꼈다. "사람들이 뭐라고 하는데요?"

"네가 우리를 떠나는 것도 당연해." 그는 잠시 머뭇거렸다.

"사람들 말이라는 게 바로 그거예요?" 그녀가 그를 비웃듯이 말했다. 그러고 나서 그 달콤한 고음을 갑자기 낮추고는 "아저씨 말은…… 제가 이제 더 이상 지나 아줌마 마음에 들지 않는다는 건가요?" 하고 말을 더듬거렸다.

두 사람은 끼었던 팔을 풀고 꼼짝하지 않고 서서 서로 상대방의 얼굴을 알아보려고 했다.

"제가 똑똑해야 하는데 전혀 그렇지 못한 건 잘 알고 있어요." 그녀는 그가 어떻게 설명하면 좋을까 하고 궁리하는 동안 계속해서 말했다. "고용한 아가씨라면 능히 할 만한 일을 저는 잘하지 못할 때가 많아요…… 그리고 저는 별로 힘이 세지 않아요. 하지만 지나 아줌마가 가르쳐만 준다면 어떻게 해볼 거예요. 지나 아줌마는 무얼 하라고 말하는 일이 별로 없다는 걸 아저씨도 잘 아시죠. 때론 저도 지나 아줌마가 마음에 들어하지 않는다는 걸 알지만, 왜 그런지는 모르겠어요." 그녀는 갑자기 화난 눈빛으로 그에게 고개를 돌렸다. "이선 프롬 아저씨, 아저씨도 저에게 말해주어야 했어요…… 그랬어야 말고요! 아저씨도 제가 떠나기를 원하는 게 아니라면 말이죠…… "

그녀가 떠나기를 원하는 게 아니라면! 이 외침은 그의 아픈 상처에 바른 고약과도 같았다. 강철 같은 하늘이 녹아서 달콤한 비가 내리는 듯했다. 또다시 그는 모든 것을 표현할 한마디 말을 찾으려고 애썼다. 그러나 또다시 그녀의 팔을 끼고 다만 나지막한 목소리로 "자, 가자구"라고 했을 뿐이었다.

그들은 이선의 목재소가 어둠 속에 음울한 모습을 드러내고 있는 솔송나무 그늘 진 컴컴한 오솔길을 지나 잠자코 걸었고, 또다시 비교적 탁 트인 벌판으로 나왔다. 솔송나무 지대의 저편에는 넓게 열린 시골이 별빛 아래 회색으로 외롭게 그들 앞에 뻗어 있었다. 그들이 걸어가는 길은 때로는 위에 걸려 있는 둑 그늘 아래로, 때로는 앙상하게 잎이 떨어진 나무숲의 엷은 어둠 속으로 인도하기도 했다. 저 멀리 들판 한가운데 여기저기에 농가들이 비석처럼 말없이 그리고 춥게 서 있었다. 밤은 너무 고요해서 꽁꽁 얼어붙은 눈이 발밑에서 탁탁 깨지는 소리가 들렸다. 멀리 숲에서 눈 쌓인 나뭇가지가 부러지는 소리가 구식 소총의 탄환 소리처럼 탕탕 울려왔다. 한번은 여우 우는 소리도 들려와 매티는 몸을 움츠리고 이선에게 바싹 다가서서는 발걸음을 재촉했다.

마침내 두 사람의 눈에 이선의 집 입구 문에 서 있는 낙엽송들이 보였다. 문에 가까워지자 이제 걷는 일도 끝났다는 생각에 그는 다시 말을 꺼냈다.

"맷, 그럼 우리를 떠나기 싫단 말이지?"

그는 그녀의 숨을 죽인 듯한 속삭임을 들으려고 고개를 숙였다. "설령 간대도, 어디로 가겠어요?"

이 대답은 그의 온몸에 통증을 느끼게 했지만 그 어조는 그를 희열로 가득하게 했다. 그는 무슨 말을 하고 싶었는지조차 잊어버렸다. 그래서 그녀를 꼭 안았고, 너무나 꼭 껴안은 탓에 자신의 정맥에서 그녀의 체온을 느끼는 것 같았다.

"맷, 울고 있는 건 아니겠지?"

"아뇨, 물론 울고 있지 않아요." 그녀가 떨리는 목소리로 대답했다.

두 사람은 문 안으로 들어섰고, 낮은 울타리에 둘러싸여 프롬네 집안의 비석들이 불규칙한 각도로 눈 속에 비스듬히 서 있는 컴컴한 둔덕 아래를 지나갔다. 이선은 이 비석들을 신기한 듯 쳐다보았다. 지난 몇 해 동안 이 말없는 선조들은 그의 조바심, 변화와 자유를 구하는 그의 욕망을 빈정대왔던 것이다. '우리는 결코 이곳을 떠나지 못했다…… 그런데 네가 어떻게 그럴 수 있겠느냐?' 라는 구절이 비석마다 쓰여 있는 듯했다. 그리고 문을 드나들 때마다 그는 '나는 이곳에서 이렇게 살다가 마침내 저들에게로 가겠지' 하며 몸서리치곤 했다. 하지만 지금은 변화를 꾀하려던 욕망은 다 사라져버리고 이젠 이 조그마한 울타리가 그에게 따뜻한 연속감과 안정감을 가져다주었다.

"맷, 우리는 절대로 너를 보내지 않을 거야." 그는 마치 옛날엔 애인이었지만 지금은 땅에 묻혀 있는 죽은 사람들도 그와 함께 그녀를 붙들어두는 데 공모하듯이 속삭였다. 무덤들을 지나가며 그는 '우린 여기서 언제까지나 같이 살다가 언젠가 그녀도 내 곁에 누울 날이 있겠지' 하고 생각했다.

언덕을 올라 집으로 향하면서 그는 이 환상에 사로잡혀 있었다. 이런 몽상에 자신을 내던질 때처럼 그녀와 함께 있는 것이 행복한 적은 없었다. 비탈길을 한 절반쯤 올라가다가 매티는 어떤 보이지 않는 장애물에 걸려 몸을 가누느라고 그의 소매를 붙잡았다. 파문처럼 그의 온몸에 퍼지는 따뜻함이 그의 몽상을 연장해주는 것 같았다. 처음으로 그는 슬쩍 그녀의 허리를 껴안았다. 그래도 그녀는 싫어하는 빛이 없었다. 그들은 마치 여름 개천 위에 둥둥 떠 있는 것처럼 계속해서 걸었다.

지나는 언제나 저녁을 먹고 나면 곧바로 잠자리에 들었다. 그래서 덧문이 없는 창들은 컴컴했다. 말라비틀어진 넝쿨식물 줄기 하나가 상갓집 문 앞에 매달아놓은 조상(弔喪) 리본처럼 현관에 매달려 있었다. 그 순간 '만약 저것이 지나를 위한 것이라면……' 하는 생각이 이선의 뇌리에 번쩍 스쳐갔다. 그러고 나서 아내가 침실에 누워 입을 살짝 벌리고 틀니는 침대 옆 컵 안에 넣어둔 채 잠을 자고 있는 모습이 눈앞에 선하게 떠올랐다……

두 사람은 억센 구스베리 덤불 사이로 걸어 집 뒤로 갔다. 그들이 마을에서 늦게 돌아올 때면 부엌문 열쇠를 문 앞 발판 밑에 놓아두는 것이 지나의 습관이었다. 이선은 아직도 몽상에 취한 채 한쪽 팔로 매티를 안고 문 앞에 서 있었다. "매티……" 그는 말하려고 하는 것이 무엇인지도 모르면서 입을 열었다.

그녀는 아무 말 없이 그의 팔에서 빠져나왔고, 그는 허리를 굽혀 열쇠를 더듬어 찾았다.

"여기 없는데!" 그가 놀라 몸을 일으키며 말했다.

그들은 꽁꽁 얼어붙은 어둠 속에서 눈을 크게 뜨고 상대방의 눈을 들여다보았다.

"아마 지나 아줌마가 잊어버린 건지 몰라요." 매티가 떨리는 목소리로 속삭였다. 하지만 두 사람 모두 지나가 그것을 잊어버릴 사람이 아니라는 걸 잘 알고 있었다.

"눈 속으로 떨어졌을지도 몰라요." 매티가 잠시 서서 귀를 기울였다가 계속해 말했다.

"그렇다면 누군가가 옆으로 밀쳐버린 건지도 모르지." 그는 똑같은 어조로 대답했다. 또다시 무모한 생각이 그의 마음을 어지럽혔다. '만약 부랑배들이 여기 와서…… 만약……'

그때 집 안에서 어렴풋한 소리가 들리는 듯하여 다시 한번 그는 귀를 기울였다. 그러고 나서 호주머니를 더듬어 성냥을 찾아 무릎을 꿇고 천천히 문지방 주위 눈의 가장자리 위를 불빛으로 비추어 보았다.

무릎을 꿇고 있으려니 문의 아래쪽 판자 사이로 희미한 불빛이 흘러나오는 것이 그의 눈에 띄었다. 이 고요한 집에서 도대체 누가 서성대고 있을까? 계단에서 발소리가 들렸고, 그는 또다시 한순간 부랑배 생각이 스쳐갔다. 바로 그때 문이 열리고 아내의 모습이 나타났다.

키가 크고 여윈 그의 아내가 캄캄한 부엌을 등지고 한 손으로는 누비이불을 끌어 납작한 젖가슴을 가리고 다른 손으로는 램프를 들고 서 있었다. 그녀의 턱 높이와 같은 높이에 들려 있는 램프불은 주름 잡힌 목과 이불을 잡고 있는 뼈가 튀어나온 손목을 어둠 속에서 환하게 비췄다. 그리고 둥그렇게 크림핑 핀*을

* 머리카락을 곱슬곱슬하게 하려고 사용하는 머리핀.

꽂은 머리 아래 광대뼈가 나온 얼굴의 움푹 들어간 곳과 불쑥 나온 곳을 기괴할 정도로 뚜렷하게 드러냈다. 아직도 매티와 함께 보낸 아련한 장밋빛 꿈에 취해 있는 이선에게, 이 광경은 그야말로 잠에서 깨기 직전의 마지막 꿈처럼 강렬하면서도 뚜렷했다. 그는 자기 아내의 모습이 어떤지 지금껏 전혀 모르고 있었던 것처럼 느껴졌다.

아내는 말없이 옆으로 비켜섰고, 매티와 이선은 부엌으로 들어갔다. 부엌은 한밤의 강마른 추위 끝이라 돌무덤처럼 몹시 차가웠다.

"지나, 우리를 잊었나 했지." 이선은 구두에서 눈을 털며 농담하듯 말했다.

"아니에요. 몸이 불편해 잠을 자지 못했어요."

매티가 외투를 벗으며 앞으로 다가섰다. 그녀의 싱싱한 입술과 뺨은 체리색 스카프 같은 빛깔을 띠고 있었다. "지나 아주머니, 정말 죄송해요! 제가 해드릴 일이 뭐 없을까요?"

"아니, 아무것도 없어." 지나는 그녀에게서 돌아섰다. 그러고는 남편을 향해 "당신은 눈을 밖에서 털면 좋잖아요" 하고 말했다.

지나는 두 사람 앞에 서서 부엌을 지나 복도에 가서 멈추더니, 그들이 층계로 올라가도록 비추려는 듯이 팔을 쭉 뻗어 램프를 치켜들었다.

이선도 외투와 모자를 걸 못을 더듬어 찾는 척하며 머뭇거렸다. 두 침실의 문은 좁은 위쪽 층계참을 가로질러 서로 마주 보고 있었다. 그런데 오늘 밤은 지나를 따라 방으로 들어가는 모습을 매티에게 보이는 것이 유달리 싫었다.

"난 아직 올라가고 싶지 않소." 그는 부엌으로 다시 돌아가려는 듯이 돌아서면서 말했다.

지나는 갑자기 발을 멈추고 그를 쳐다보았다. "도대체…… 여기서 무얼 하려고요?"

"목재소 회계 장부를 살펴볼 일이 있소."

그녀는 계속해서 그를 응시했다. 갓 없는 램프의 불빛이 그의 얼굴에 있는 물결 같은 주름살을 현미경으로 낱낱이 보여주듯 뚜렷이 비추었다.

"이런 밤중에요? 감기에 걸려 죽을 거예요. 난롯불이 꺼진 지도 벌써 오래되었는데."

그러나 그는 아무 대답도 하지 않고 부엌 쪽으로 내려갔다. 내려가면서 매티와 눈이 마주쳤다. 그녀의 눈썹에 순간적으로 경계의 빛이 번득이는 것 같았다. 다음 순간 그녀는 눈썹을 상기된 뺨으로 내리깔았고, 지나에 앞서 계단을 올라가기 시작했다.

"그렇군. 여긴 몹시 추운데." 이선은 맞장구를 쳤다. 그리고 머리를 푹 숙이고 아내를 따라 위층으로 올라갔다. 그러고는 그녀를 따라 그들의 방문턱을 넘어섰다.

제3장

수목림 지대의 아래쪽 끝자락에서 재목을 끌어 내릴 일이 있어 이선은 이튿날 아침 일찍 집을 나섰다.

겨울 아침은 수정처럼 맑았다. 아침 해가 깨끗한 하늘에 빨갛게 타올랐고, 수목림 가장자리의 그늘은 검푸른 색깔을 띠었다. 눈부시게 새하얀 들판 건너 쪽에는 멀리 떨어져 있는 삼림의 조각들이 연기처럼 드리워 있었다.

그가 가장 명료하게 생각하는 때는 이렇게 고요한 이른 아침이었다. 이때 그의 근육은 늘 하던 일에 잘 따라주었고, 그의 폐부는 산간의 공기를 길게 들이마셔 팽창했다. 지난밤 그와 지나는 방으로 들어가 문을 닫은 뒤 서로 단 한마디도 나누지 않았다. 그녀는 침대 옆 의자 위에 놓인 약병에서 약 두어 방울을 따라내 삼키고는 노란 플란넬 헝겊을 머리에 뒤집어쓰고 몸을 돌린 채로 누워버렸다. 이선은 서둘러 옷을 벗고 그녀 곁에 누우면서 그녀를 보지 않으려고 불을 꺼버렸다. 그가 누울 때 매티가 자기 방에서 움직이는 소리가 들렸다. 그녀 방에 켜놓은 촛불이 층계참을 가로질러 그 조그마한 광선을 내보내어 그의 방문 아래에 보일락 말락 한 줄기 선을 그어놓았다. 그 불빛이 사라질 때까지 그는 불빛에서 눈을 떼지 않았다. 그러고 나서 방은 완전히 캄캄해졌고, 천식에 걸린 지나의 거친 숨소리만 들릴 뿐 아무 소리도 들리지 않았다. 이선은 생각해야 할 일이 많아 마음이 혼란스러웠지만, 얼얼한 혈관과 피곤한 머릿속에는 오직 한 가지 감각, 매티의 어깨가 자기 어깨에 닿았을 때의 그 따뜻한 감촉만이 고동쳤다. 그녀를 안을 때 왜 키스를 하지 않았을까? 몇 시간 전만 하더라도 그는 스스로에게 이런 물음을 던질 수 없었다. 단둘이서 집 밖에 서 있던 불과 몇 분 전만 하더라도 그는 감히 그녀와 키스할 생각조차 할 수 없었다. 하지만 램프불 아래에서 그녀의 입술을 본 뒤로는 그것이 자기 것이라고 느껴졌던 것이다.

지금 맑은 아침 공기 속에서도 그녀의 얼굴이 아직 그의 눈앞에 선했다. 그것은 붉은 햇빛의 일부였고 맑게 빛나는 눈의 일부였다. 스탁필드에 온 뒤로 그녀는 얼마나 변했던가! 그는 정거장에서 처음 맞이할 때 그녀가 얼마나 혈색이 창백한 소녀로 보였는지 기억했다. 그리고 첫해 겨울 내내, 거센 북풍이 얇은 지붕 판자를 흔들어대고 눈보라가 제대로 닫히지도 않는 창문을 우박처럼 때릴 때 그녀는 또 얼마나 추위에 떨었던가!

이선은 매티가 이 고된 생활과 추위와 고독을 싫어할 거라고 생각했다. 하지만 그녀에게서는 어떤 불만의 기색도 찾아볼 수 없었다. 지나는 매티가 스탁필드 말고는 갈 데가 없기 때문에 될 수 있는 대로 이곳을 어떻게든 참아내야 한다는 주장을 폈다. 하지만 이 말이 이선에게는 그다지 결정적인 말로 들리지 않았다. 어쨌든 지나는 이 원칙을 자신에게는 적용하지 않았던 것이다.

그는 매티가 어떤 의미에서 불운 탓으로 자기 집에 얽매인 몸이 되었기 때문에 그녀에 대해 더욱더 가엾음을 느꼈다. 매티 실버는 지노비어 프롬의 사촌의 딸*이었다. 그 사촌은 산간 지방에서 살다가 코네티컷 주로 내려와 거기서 스탬퍼드 출신 여자와 결혼하고 장사가 잘되는 장인의 '약국' 사업까지 물려받아 집안 문중으로부터 부러움과 질투를 한 몸에 받았었다. 그런데 불행하게도 큰 야심을 품고 있던 사나이 오린 실버는 결과가 수단과 방법을 정당화한다는 것을 증명하지 못한 채 너무나 일찍

* 지노비어 피어스와 매티 실버의 성(姓)이 서로 다른 것으로 보아 먼 친가 쪽보다는 외가 같은 다른 친척인 듯하다. 작가는 4장에서는 매티를 지노비어의 사촌으로 언급한다.

죽었던 것이다. 그의 회계 장부가 그의 수단과 방법이 어떤 것이었는가를 보여줄 뿐이었다. 장엄하게 장례식을 치른 뒤에 그의 회계 장부를 열어본 것은 그의 아내와 딸을 위해서는 여간 다행스런 일이 아니었다. 그의 아내는 이 장부의 내용을 보고 그것이 원인이 되어 죽고, 매티는 스무 살에 고아로 홀로 남아 피아노를 판 돈 오십 달러를 가지고 살아가야 했다. 그녀의 능력은 비록 다양했지만 이렇게 생계를 유지해나가는 데 그다지 걸맞지 않았다. 그녀는 모자에 장식을 달 줄 알고, 엿기름으로 캔디를 만들 줄 알며, 「오늘 저녁엔 만종(晩鐘)을 울리지 마라」*라는 시를 읊을 줄 알고, 〈잃어버린 화음〉**과 〈카르멘〉***의 접속곡을 연주할 줄 알았다. 속기술과 부기 쪽으로 활동 범위를 넓히려고 했지만 건강이 나빠졌다. 한 백화점 계산대 뒤에서 여섯 달을 지냈어

* 미국 시인 로즈 하트윅 소프(1850~1939)가 1866년에 쓴 시. 베시라는 젊은 여성이 사형을 기다리는 남자 친구를 구출하기 위해 종(鐘)의 추에 매달리는 내용으로 되어 있다. 이 작품은 19세기 중엽부터 20세기 초엽까지 젊은 여성들에게 큰 인기를 끌었다.

** 애들레이드 앤 프록터(1825~1864)가 쓴 시에 아서 설리번 경(1842~1900)이 곡을 붙인 찬송가. 19세기 말과 20세기 초에 걸쳐 널리 불렸다. 이디스 워턴은 이 찬송가를 단편소설 「냉수 한 컵」에서도 언급한다.

*** 조르주 비제(1838~1875)가 작곡한 4막의 경가극. 프로스페르 메리메(1803~1870)의 동명 소설을 기초로 만든 이 오페라는 오늘날 세계에서 가장 인기 있는 오페라 중의 하나이다.

도 그녀의 건강은 좀처럼 회복되지 않았다. 가장 가까운 친척들은 저축금을 그녀의 아버지 손에 맡기라는 권유를 받았다. 그리고 그가 죽은 뒤에도 그들은 그의 딸에게 줄 수 있는 모든 충고를 해줌으로써 선으로 악을 갚는다는 기독교적인 의무를 힘닿는 데까지 다했다. 그렇다고 물질적인 도움까지 기대할 수는 없는 노릇이었다. 하지만 지노비어의 의사가 그녀에게 집안일을 도와줄 사람을 구해야 한다고 했을 때, 친척들은 금방 매티에게서 보상을 받아낼 기회가 온 것을 알았다. 지노비어는 매티의 능력에 다소 의심을 품었지만 아무리 잔소리를 해도 그녀를 놓칠 염려는 없다는 점에서 귀가 솔깃했다. 이렇게 해서 매티가 스탁필드에 오게 된 것이다.

지노비어는 말없이 책망하는 쪽이었지만 그렇다고 해서 덜 날카롭다고 할 수는 없었다. 처음 몇 달 동안 이선은 매티가 지노비어에게 대드는 장면을 보고 싶은 욕망에 사로잡히기도 했고, 그로 인해 공포감에 떨기도 했다. 그러고 나서 사태는 차츰 덜 절박해졌다. 맑은 공기를 마시고 여름날 몇 시간을 바깥에서 지내는 일이 매티에게 다시 생기와 탄력을 가져다주었다. 그리고 지나는 자기의 복잡한 질병을 보살피는 데 더 몰두하게 되면서 매티의 부족한 점을 덜 지켜보게 되었다. 이리하여 이선은 소출이 별로 없는 농장과 기울어가는 목재소 때문에 허덕이면서도 적어도 자기 집에 평화가 찾아왔다고 생각할 수 있었다.

지금도 이런 생각이 틀렸다는 것을 보여주는 확실한 증거는 어디에도 없었다. 하지만 어젯밤부터 막연한 공포가 그의 눈앞에 가물거렸다. 그 공포감은 지나의 끈질긴 침묵과 매티의 갑작스런 경계의 눈빛, 구름 한 점 없는 아침에 밤이 되기 전 비가 올 것이라고 말해주는 것 같은 순간적으로 스쳐 가는 지각하기 어려운 암시에 대한 기억으로 이루어져 있었다.

그의 두려움이 너무 강렬했기 때문에 그는 남자답게 그 필연적인 일을 뒤로 미루려고 했다. 목재를 끌어 내리는 일은 정오까지도 끝내지 못했다. 목재를 스탁필드의 건축업자 앤드루 헤일에게 넘겨야 했으므로 이선은 일꾼으로 고용한 조섬 파월*을 농장으로 걸어가게 하고 자기가 목재를 마차에 싣고 마을로 내려가는 것이 훨씬 더 쉬운 일이었다. 그는 통나무로 기어 올라가 털이 많은 밤색 말들 가까이에 걸터앉았다. 바로 그때 그는 자신과 나부끼는 말갈기 사이로 아른거리는 어젯밤 매티가 던진 경계의 눈빛을 보았다.

'무슨 언짢은 일이 생길지도 모르니, 집에 가 있어야지.' 그가 갑자기 조섬에게 말들을 풀어 마구간으로 데려가라고 지시를 내

* '조섬'은 구약성서에 나오는 이름으로 뉴잉글랜드에서 청교도주의가 아직 힘을 떨치고 있음을 알 수 있다.

릴 때 막연하게 떠오른 생각이었다.

그는 걷기 힘든 들판을 가로질러 터벅터벅 집까지 왔다. 부엌에 들어섰을 때 매티는 난로에서 커피 주전자를 들어내고 있었고 지나는 벌써 식탁에 앉아 있었다. 아내를 보자 이선은 갑자기 걸음을 멈췄다. 평상시 입고 있던 사라사 실내복과 털실로 짠 숄 대신에 그녀는 갈색 메리노 울로 된 나들이옷을 입고 있었고, 크림핑 핀으로 물결치게 만든 자국이 아직 남아 있는 빈약한 머리카락 위에는 수직으로 된 딱딱하고 깎아 세운 듯이 높은 보닛을 쓰고 있었다. 그 모자는 이선이 베츠브리지의 큰 상점에서 오 달러를 주고 산 것이었다. 그녀의 곁에는 그의 낡은 여행 가방과 신문지로 싼 종이 상자 하나가 놓여 있었다.

"여보, 어딜 가려고?" 그가 큰 소리로 물었다.

"몸이 쿡쿡 쑤시며 아파서 베츠브리지에 가서 마사 피어스* 아주머니 집에 머물며 새로 온 의사를 만나보려고 해요." 그녀는 당연하다는 듯 대답했다. 과일 조림이 어떻게 되었나 살펴보러 저장실에 가거나, 담요를 살펴보러 다락에 올라가려고 한다고 말하는 투였다.

지나는 늘 집 안에서 앉아 지내는 편이었지만 이렇게 갑자기

---

* 지나 프롬의 친정 집안. 이선 프롬과 결혼하기 전 지나의 이름은 '지노비어 피어스' 였다.

결정을 내리는 일이 전례가 없었던 건 아니었다. 전에도 두서너 번 그녀는 갑자기 이선의 여행 가방에 짐을 챙겨 새로 온 의사에게 진찰을 받으러 베츠브리지나 스프링필드*로 떠난 적이 있었다. 비용 때문에 그녀의 남편은 이런 나들이를 두려워하게 되었다. 지나는 언제나 값비싼 약을 잔뜩 걸머지고 돌아오기 일쑤였다. 마지막으로 스프링필드에 갔을 때도 지나는 사용 방법도 전혀 알 수 없는 전기 치료기를 이십 달러나 주고 사 왔던 것이다. 하지만 지금 이 순간에는 그의 안도감이 너무나 커서 그 밖의 다른 감정이 모두 사라져버렸다. 그는 지나가 전날 밤 일어나 앉아 몸 상태가 '너무 나빠' 잠을 이룰 수 없다고 밝혔을 때 거짓이 아니었다는 것을 지금은 의심치 않았다. 아내가 갑자기 의사의 진단을 받아야겠다고 결심한 것을 볼 때 전과 마찬가지로 전적으로 자신의 건강 문제에만 몰두하고 있다는 사실을 알 수 있었다.

남편이 불만스러워할 거라고 예상했는지 그녀는 애처롭게 말을 계속했다. "목재를 끌어 내리느라고 너무 바쁘면, 조섬 파월더러 밤색 말로 나를 데려다주라고 해요. 플래츠에서 떠나는 기

* 매사추세츠 주 남서부에 있는 도시로 코네티컷리버에 위치해 있다. 인구 순으로 매사추세츠 주에서는 세번째이며, 뉴잉글랜드에서는 보스턴, 프로비던스, 우스터에 이어 네번째이다.

차를 탈 수 있도록 말이에요."

그녀의 남편은 아내가 하는 소리를 듣고 있는 것 같지 않았다. 겨울 동안은 스탁필드와 베츠브리지 사이에 역마차가 없었고, 코베리플래츠에서 정차하는 기차는 더디기도 하거니와 자주 다니지도 않았다. 언뜻 헤아려봐도 이선 생각에는 지나가 그 이튿날 저녁때까지는 농장에 돌아오지 못할 것 같았다 ……

"조섬 파월이 나를 데려다주기 싫다면……" 그녀는 남편이 잠자코 있는 것이 거절을 뜻하는 것이 아닌가 싶어 다시 말을 꺼냈다. 어디로 떠날 무렵이면 그녀는 늘 분수처럼 말을 쏟아내곤 했다. 그녀가 계속했다. "현재 상태론 더 이상 견디지 못하겠어요. 이젠 쑤시는 것이 발꿈치까지 내려왔어요. 그렇지만 않아도 당신을 괴롭히느니 차라리 내 발로 스탁필드까지 걸어가서 마이클 이디더러 식료품을 싣고 오는 기차를 맞으러 짐마차를 보낼 때 플래츠까지 데려다달라고 할 거예요. 그럼 정거장에서 두 시간은 기다려야 할 테지만요. 아주 추운 날씨지만 그래도 편이 더 좋아요. 당신 입에서……"

"물론 조섬이 당신을 데려다줄 거야." 이선은 몸을 일으키며 대답했다. 그는 지나가 말하는 동안 자신이 매티를 바라보고 있었음을 문득 깨달았다. 그래서 그는 애써 자기 아내에게로 눈을 돌렸다. 아내는 창문 반대편에 앉아 있었다. 쌓여 있는 눈에서 반사되는 창백한 빛 때문에 아내의 얼굴은 다른 때보다도 훨씬 더 쭈그러들고 해쓱해 보였다. 또한 귀와 뺨 사이에 나란히 나 있는 주름살 세 개가 더 눈에 띄었으며, 여윈 콧날에서부터 입가까지 불만스런 주름살이 나 있었다. 그녀는 남편보다 일곱 살 위였다. 그는 스물여덟 살밖에 안 되었지만 그녀는 벌써 할머니였다.

이선은 이 경우에 어울리는 말을 찾아내려고 했지만 오직 한 가지 생각밖에는 떠오르지 않았다. 매티가 자기네하고 같이 살러 오고 나서 처음으로 지나가 하룻밤 동안 집을 비우게 되었다는 사실 말이다. 그는 매티도 지금 이런 생각을 하고 있을지 궁금했다.

그는 지나가 왜 자신이 아내를 플래츠까지 태워다주지 않고 조섬 파월에게 목재를 스탁필드까지 가져가라고 하는지 의심을 품을지 모른다는 걸 깨달았다. 처음엔 그렇게 할 수 없는 구실을 생각해낼 수가 없었다. 그래서 그는 "내가 당신을 데려다주고 싶지만, 목재 대금을 현찰로 받으러 가야 하기 때문에" 하고 말했다.

이 말을 입 밖에 내자마자 그는 곧 후회했다. 이 말이 사실이 아니기 때문만이 아니라—헤일에게서 현찰로 대금을 받을 가망은 없었다—경험에 비춰 보아 지나가 치료받으러 가기 직전에 돈이 생긴다고 생각하게 하는 것은 경솔한 짓인 줄을 잘 알고 있기 때문이었다. 하지만 바로 이 순간 그의 유일한 욕망은 어떻게 하면 천천히 걸어갈 수밖에 없는 늙은 밤색 말 뒤에서 그녀와 함께 긴 길을 가는 걸 피할 수 있는가 하는 것뿐이었다.

지나는 아무 대답이 없었다. 그의 말을 듣지 못한 모양이었다. 그녀는 먹던 그릇을 옆으로 밀어놓고 팔꿈치 옆에 있는 큰 병에서 약을 따르고 있었다.

"나에겐 조금도 효험이 없지만 그래도 끝까지 다 먹는 게 좋지." 그녀가 말했다. 그러고 나서 빈 약병을 매티를 향해 밀면서 "이 약병에서 약 냄새만 없애면 오이지병으로 쓸 수 있을 거야" 하고 말하는 것이었다.

제4장

아내가 떠나자 이선은 옷걸이에서 외투와 모자를 집어 들었다. 매티는 전날 밤의 댄스곡 하나를 흥얼거리면서 접시를 닦고 있었다. 그는 그녀에게 "잘 있어" 하고 말했고, 그녀는 쾌활한 목소리로 "이선 아저씨, 안녕히 다녀오세요" 하고 말했다. 그저 그뿐이었다.

부엌은 따뜻하고 밝았다. 남쪽 창문으로 들어온 햇살이 움직이는 그녀의 몸 위에, 의자에서 졸고 있는 고양이 위에, 그리고 문간에서 들여다놓은 제라늄 위에 비스듬히 비쳤다. 그 제라늄은 지난여름 이선이 그녀에게 '꽃밭을 만들어' 준다고 문간 옆에 심었던 것이다. 계속 꾸물거리며 그는 그녀가 설거지를 끝내고 바느질하는 모습을 지켜보고 싶었다. 하지만 날이 어둡기 전에 목재를 마을로 끌어 내리고 농장으로 돌아와야 했다.

마을로 내려가면서 그는 줄곧 그녀에게 돌아오는 일만 생각했다. 부엌은 보잘것없었다. 그가 어렸을 적 어머니가 손질했던 것처럼 그렇게 '깨끗하고' 반질반질 윤이 나지 않았다. 하지만 지나가 집 안에 없다는 그 사실만으로도 부엌이 정답게 보인다는 것은 여간 놀라운 일이 아니었다. 그래서 그는 그날 저녁 식사를 마친 뒤 자기와 그녀만이 부엌에 있게 되면 어떤 모습일까 하고 마음속에 그려보았다. 생전 처음 그들은 집 안에 단둘이서만 같이 있게 될 것이다. 마치 결혼한 부부처럼 난로 양쪽에 마주 앉아 있을 것이다. 그는 발에 긴 양말을 신은 채 담배를 피우고, 그녀는 그녀 특유의 재미있는 투로 웃어대고 말하면서 말이다. 그녀의 말은 마치 그가 전에 한 번도 들어보지 못한 것처럼 늘 새로웠다.

그 달콤한 광경, 그리고 지나의 '병'*에 대한 공포가 근거 없는 것인지도 모른다는 안도감에 그의 기분은 날아갈 듯이 가벼웠다. 그래서 보통 때에는 말이 없던 그가 눈 덮인 들판을 달리면서 소리 높게 휘파람을 불며 노래를 불렀다. 그의 가슴속에는 스탁필드의 기나긴 겨울도 아직 꺼버리지 못한 사교성의 불꽃이

---

* 작가는 지나가 어떤 병으로 고생하고 있는지 자세히 밝히고 있지 않지만, 짐작건대 신장병을 비롯하여 여러 병을 앓고 있는 듯하다.

남아 있었다. 그는 날 때부터 점잖고 말수가 적었지만 다른 사람들의 무모함과 쾌활함에 탄복했고, 다정한 인간관계를 맺게 되면 뼛속까지 따뜻해지는 그런 사람이었다. 우스터에 있을 때는 남들과 잘 어울리지 못하고 재미있게 노는 데도 별로 수완이 없는 사람이라고 소문이 났었다. 하지만 친구가 등을 치면서 "어이, 이스 영감"이라고 하거나 "야, 막대기 같은 영감"이라고 부를 때에는 속으로 은근히 기뻐했다. 그런 친밀함을 느낄 수 없던 탓에 스탁필드로 돌아오는 일이 더욱 싸늘하게 느껴졌던 것이다.

이곳에 와서는 해가 지날수록 침묵이 더 깊어졌다. 아버지가 사고를 당한 뒤 혼자 남아서 농장과 목재소의 일을 감당해야 했기 때문에 마을에 내려가 즐겁게 놀 여유가 없었다. 그리고 어머니가 병석에 눕자 집 안의 침묵은 들판의 그것보다도 더 견디기 어려웠다. 그의 어머니는 한창때에는 말이 많은 여자였지만, '병'이 난 뒤로는 언어능력을 상실한 게 아닌데도 좀처럼 입을 열지 않았다. 혹 동지섣달 기나긴 밤에 아들이 하도 답답하여 어머니에게 왜 '아무 말도' 하지 않느냐고 물어보면, 어머니는 손가락 하나를 들며 "지금 네 말을 듣고 있기 때문이란다" 하고 대답하는 것이었다. 그리고 폭풍우가 몰아쳐 요란한 바람이 집 주위에 휘몰아치는 밤, 아들이 어머니에게 말을 붙이기라도 하면 어머니는 "저 사람들이 하도 크게 지껄여대는 바람에 네 목소리가 들리지 않는구나" 하고 불평을 늘어놓곤 했다.

어머니가 임종에 가까워져 이선의 사촌누나* 지노비어 피어스가 근처 산골에서 내려와 어머니의 병간호를 도와줄 때에야 비로소 이 집에도 사람의 말소리가 들렸다. 사람을 죽일 듯한 오랜 감옥과도 같은 침묵 끝에 오랜만에 듣는 지나의 수다가 그의 귀에는 그야말로 음악처럼 들렸다. 만약 새로운 목소리가 들려와서 자기를 붙잡아주지 않았다면 자기도 '어머니같이 되어버렸을지도 모른다'는 느낌이 들었다. 그녀는 그의 처지를 한눈에 알아본 듯했다. 가장 간단한 병시중도 들 줄 모른다고 웃고는 그에게 집안일은 자기에게 맡긴 채 "어서 밖으로 나가보라"고 말했다. 그는 지나의 명령대로 밖에 나가 마음놓고 다시 자기 일을 하게 되었고, 다른 사람들과 이야기를 나누게 되었다는 사실만으로도 흐트러졌던 마음을 다시 추스를 수 있게 되었다. 그는 자기가 그녀에게 얼마나 큰 신세를 지고 있는가를 새삼 깨닫게 되었다. 그는 그녀의 그 능숙한 솜씨에 한편으로는 부끄러웠고 다른 한편으로 눈이 부셨다. 그가 오랫동안 배웠으면서도 잘 모르는 집안일을 그녀는 본능적으로 알고 있는 듯했다. 어머니의 임종이 닥쳐왔을 때, 그에게 말을 준비하여 장의사를 부르러 가라

* 이선의 성(姓)과 지노비어의 성이 다른 것으로 보아 이종이나 고종 또는 외가 쪽으로 친척 관계이다.

고 일러준 것도 바로 그녀였다. 그리고 그녀는 그가 미리 어머니의 옷가지와 재봉틀을 누구에게 줄지 결정하지 않은 것을 '이상하다'고 생각했다. 장례가 끝나고 그녀가 떠날 채비를 하는 것을 본 그는 그만 농장에 자기 혼자만 남아 있게 된다는 근거 없는 공포감에 사로잡혔다. 그래서 자기가 무슨 말을 하고 있는지도 깨닫지도 못하고 그는 그녀에게 자기 집에 머물러 있어달라고 부탁했던 것이다. 그 뒤 가끔 자기 어머니가 겨울이 아니고 봄에만 돌아가셨어도 이런 일은 일어나지 않았을 거라고 생각하곤 했다……

그들은 결혼할 때, 프롬 부인이 오랫동안 앓으면서 생겨난 재정적 문제를 다 정리하면 농장과 목재소를 팔고 큰 도시에 가서 운명을 개척해보자고 약속했다. 이선은 대자연을 좋아하면서도 농사일에는 별다른 관심이 없었다. 그는 늘 기계 기술자가 되어 강연이 있고 큰 도서관이 있으며 '사람들이 무엇인가 흥미로운 일을 하는' 읍내에 가서 살고 싶어했다. 우스터에서 공부할 때 잠시나마 플로리다에서 대단치 않은 기술자 직업을 가져본 터라 세상에 나가보려는 열의는 물론이고, 자기의 능력에 대한 신념이 있었다. 그리고 지나처럼 '똑똑한' 아내와 함께라면 그곳에서 머지않아 성공할 수 있으리라는 확신이 들었던 것이다.

지나의 고향은 스탁필드보다는 조금 더 크고 기차가 다니는 곳에서 가까운 마을이었다. 그래서 그녀는 처음부터 남편에게 외로운 농장에서의 생활은 자기가 결혼할 때 기대했던 것이 아니라는 사실을 알렸다. 하지만 이선의 농장이나 목재소를 사러 오는 사람은 얼른 나타나지 않았고, 살 사람을 이렇게 기다리는 동안 이선은 아내를 데리고 다른 곳으로 옮긴다는 것이 불가능하다는 사실을 깨닫게 되었다. 그녀는 스탁필드를 얕잡아 보기도 했지만, 그렇다고 자기를 얕잡아 보는 곳에 가서는 살 수 없었던 것이다. 심지어 베츠브리지나 섀즈폴스조차 그녀를 제대로 알아주지 않을 것 같았다. 이선의 마음을 끄는 큰 도시에서라면 그녀는 완전히 자기 존재를 잃어버리게 될 게 불을 보듯 뻔한 노릇이었다. 게다가 결혼한 지 채 일 년도 안 되어 그녀는 병자가 많은 이 마을에서도 유명한 '병'에 걸리게 된 것이다. 그의 어머니의 병시중을 들 때만 해도 그녀는 건강의 화신처럼 보였다. 하지만 그는 곧 간호원으로서 보여준 그녀의 솜씨는 바로 자신의 증상*을 골똘히 관찰하면서 얻은 기술이란 사실을 알게 되었다.

그다음엔 그녀도 말수가 적어져버렸다. 아마 이것은 이 농장에서 살아가노라면 어쩔 수 없이 생기는 결과이거나, 아니면 그녀가 가끔 입버릇처럼 말하듯 이선이 '도무지 자신의 말을 들어

* 19세기 의사들이 흔히 '히스테리아'라고 흔히 부른 질병의 증상. 우울증, 흥분, 두통 등 신체 여러 부분의 통증이나 마비 등을 수반한다.

주지 않기' 때문일지도 모른다. 이러한 비난이 전혀 근거 없는 것은 아니었다. 그녀가 입을 여는 것은 오직 불평을 늘어놓기 위해서였다. 그것도 그의 힘으로는 도저히 어찌할 수 없는 일을 두고 불평하는 거였다. 그래서 견디다 못해 나오는 말대꾸를 막아 보려고 그는 처음에는 습관적으로 아내의 말에 아무 대답도 하지 않았고, 마침내 그녀가 말하는 동안에는 아예 다른 일을 생각했다. 하지만 최근에 아내를 좀더 자세히 관찰할 근거를 가지게 된 뒤부터는 아내가 말을 하지 않는 게 오히려 그를 괴롭히기 시작했다. 어머니가 점점 말이 없어지던 일이 떠올라 지나도 어머니처럼 '이상하게' 되지나 않을까 걱정이 되었던 것이다. 여자들은 그렇게 되는 것이라고 그는 알고 있었다. 이 지방 전체의 병자들의 상태를 꿰뚫고 있는 지나는 그의 어머니를 간호하는 동안 이런 종류의 환자들의 경우를 많이 열거했었다. 그 자신도 근처의 외딴 농가에 이런 병에 시달리며 신음하는 사람들이 있다는 것을 알고 있었고, 또다른 농가에서는 이런 환자 때문에 갑자기 불행해졌다는 것도 잘 알고 있었다. 때때로 지나의 시무룩한 얼굴을 바라볼 때면 이런 불길한 예감으로 소름이 끼쳤다. 또 어떤 때에는 아내의 침묵이 어떤 의도, 추측하기 어려운 의심과 원한에서 생긴 어떤 불가해한 결론을 일부로 감추려는 것처럼 보이기도 했다. 이런 생각은 오히려 앞에서 말한 경우보다도 더 마음을 산란하게 했다. 전날 밤 아내가 부엌 문간에 서 있는 것을 보았을 때 그의 머리에 스쳐 간 것도 바로 그런 생각이었다.

이제 아내가 베츠브리지로 떠나고 나니 이선의 마음은 다시 한번 홀가분해졌고, 머릿속에는 온통 매티와 단둘이서 저녁을 보낼 생각으로 가득 차 있었다. 다만 한 가지 일이 마음에 걸렸다. 지나에게 목재 대금을 현찰로 받게 되었다고 말한 일이었다. 그는 이 경솔한 짓의 결과가 어떨 것이라는 것을 똑똑히 예측하고 있기 때문에 아주 내키지 않으면서도 앤드루 헤일에게 목재값을 선금으로 조금 지불해달라고 부탁하기로 마음먹었다.

이선이 헤일의 목재소로 말을 몰고 갔을 때 이 건축업자는 마침 썰매에서 내리고 있던 참이었다.

"어이, 이스!" 그가 말했다. "마침 잘됐네그려."

앤드루 헤일은 크고 희끗희끗한 콧수염에다 옷깃을 세워도 그대로 뭉툭한 두 턱을 가진, 얼굴이 붉은 사람이었다. 하지만 더할 나위 없이 깨끗한 셔츠는 언제나 조그마한 다이아몬드 장식단추로 채워져 있었다. 이런 부자 티는 그의 주머니 사정을 오해하도록 만들기 십상이었다. 사업은 꽤 잘하는 편이었지만 만사태평한 습관에다가 식솔이 많이 딸린 탓에 그는 스탁필드 마을 사람들 말에 따르면 자주 '빚을 지고 있는' 처지에 놓여 있다고 알려져 있었다. 그는 이선 집안의 옛 친구로 그의 집은 지나가 가끔 찾아가는 몇 안 되는 집 가운데 하나였다. 지나가 그 집에 자주 들르는 까닭은 헤일 부인이 젊었을 적에 스탁필드 지방에서는 어느 부인보다도 더 많이 '의원 노릇'을 해보았고, 지금도 여전히 치료의 권위자로 인정받고 있기 때문이었다.

헤일은 회색 말들에게 다가가서 땀이 흐르는 옆구리를 어루만졌다.

"아저씨," 그가 말했다. "그 말들을 애완동물 키우듯 기르십니다그려."

이선은 통나무 짐을 부리기 시작했고, 그 일이 끝나자 건축업자가 사무실로 사용하는 오두막집의 유리 달린 문을 열었다. 헤일은 난로에 발을 올려놓고 서류가 널려 있는 낡은 책상에 등을 기대고 앉아 있었다. 이 방도 주인과 마찬가지로 따뜻하고 다정하고 지저분했다.

"거기 앉아서 몸을 좀 녹이게나." 그가 말하며 이선을 맞았다.

이선은 어떻게 말을 꺼내야 할지 몰랐지만 마침내 오십 달러를 선금으로 지불해달라는 요구를 간신히 끄집어냈다. 헤일이 놀래는 바람에 그의 얇은 피부가 발갛게 상기되었다. 이 건축업자는 보통 세 달이 지나야 대금을 치렀고, 이 두 사람은 현찰로 거래한 적이 한 번도 없었다.

이선은 급히 돈 쓸 일이 생겼다고 부탁하면 헤일이 어떻게든 변통해주리라는 것을 잘 알고 있었다. 하지만 그의 자존심과 본능적인 신중함이 그것을 허락하지 않았다. 아버지가 세상을 떠난 뒤 오랜 시간이 걸려서야 비로소 빚을 청산할 수 있었다. 그러므로 그는 앤드루 헤일이나 스탁필드에 사는 어느 누구도 자신이 또다시 경제적으로 어려움을 겪고 있다고 생각하기를 바라지 않았다. 게다가 그는 거짓말하기가 싫었다. 그가 돈이 필요하면 필요한 것이지, 굳이 다른 사람이 그 이유를 물을 까닭은 없는 거였다. 그러다 보니 그는 자신이 굽신거리고 있음을 스스로 인정하려 들지 않는 자존심 강한 사람처럼 어쩐지 어색하게 부탁했다. 헤일이 그 부탁을 거절했지만 그는 그다지 놀라지 않았다.

이 건축업자는 늘 그렇듯이 예의를 갖춰 거절했다. 그는 이 일을 무슨 짓궂은 농담을 받아들이듯이 처리했고, 이선이 그랜드 피아노를 사거나 집에 '큐폴로'*를 덧붙일 생각이 아닌지 알고 싶어했다. 만약 후자의 경우라면 공짜로 공사를 해주겠다고 말했다.

* 앤드루 헤일은 '큐폴라(cupola)'라고 발음해야 할 것을 북부 사투리로 '큐폴로(cupolo)'라고 발음한다. 큐폴라는 건물의 둥근 지붕이나 그런 지붕의 꼭대기 탑을 가리킨다. 이곳에 흔히 풍향계나 시계 등을 설치한다.

이선의 기교는 곧 소진되어버렸다. 잠깐 어색해하며 머뭇거리다가 헤일에게 작별 인사를 하고 사무실 문을 열었다. 그가 사무실을 나가려고 하는데 건축업자가 갑자기 뒤에서 불렀다. "여보게, 혹시 자네 그 정도로 곤란한 상태에 있는 건 아니겠지?"

"전혀 그렇지 않습니다." 이선이 대답했다. 이성보다는 자존심이 앞섰기 때문이었다.

"그러면 됐네그려! 난 지금 좀 곤란한 상태에 있거든. 사실은 오히려 내가 지불 기간을 늦추어달라고 부탁하려던 참이었다네. 우선 사업이 잘되지 않는 데다, 네드와 루스가 결혼해서 살 조그마한 집을 지어주려고 하니 말일세. 기꺼이 그렇게 해주고 싶은데, 돈이 든단 말씀이야." 이선에게 동정을 구하는 눈빛이 역력했다. "젊은것들은 무엇이나 그럴듯한 것을 좋아하는 법이거든. 자네도 잘 알 테지. 지나에게 집을 꾸며준 것이 그리 오래전 일도 아니니까 말일세."

이선은 헤일의 마구간에 회색 말들을 남겨두고 마을에 다른 볼일을 보러 갔다. 마을로 걸어갈 때 건축업자의 마지막 말이 그의 귓가에 맴돌았다. 지나와 함께 산 지난 칠 년이 스탁필드 사람들에게는 '그리 오래되지 않은' 시간처럼 보이는 것에 쓴웃음을 지었다.

오후가 저물어가고 있었고, 여기저기 유리창에 불이 켜지자 추운 잿빛 어둠이 번쩍거리면서 눈이 더 희게 보였다. 차가운 날씨 때문에 누구나 다 집 안에 틀어박혀 있었기 때문에 긴 시골길에는 이선 혼자뿐이었다. 갑자기 썰매의 말방울 소리가 요란스럽게 들리더니 조그마한 썰매 한 대가 제멋대로 달리는 말한테 이끌려 그의 옆을 지나갔다. 이선은 마이클 이디의 갈색 망아지를 알아보았다. 멋들어진 새털 모자를 쓴 젊은 데니스 이디는 몸을 앞으로 기대고 손을 흔들어서 "어이, 이스!" 하고 소리치고는 계속해 달려갔다.

썰매는 프롬 농장 쪽으로 가고 있었다. 점점 멀어지는 방울 소리를 듣고 있자니 이선의 가슴이 오그라들었다. 지나가 베츠브리지로 떠났다는 소식을 들은 데니스 이디가 이때다 하고 매티와 같이 시간을 보내려고 하는 것이 아니고 무엇이란 말인가? 이선은 가슴속에 질투가 폭풍우처럼 일어나는 것을 부끄럽게 여겼다. 그녀를 생각하는 마음이 이렇게 강렬하면서도 어쩐지 이 처녀를 차지할 자격이 없다는 생각이 들었던 것이다.

이선은 교회당 모퉁이까지 걸어가서 그 전날 밤 그녀와 나란히 서 있던 바넘네 전나무 그늘로 들어갔다. 그늘로 들어갈 때 바로 앞에서 무언가 어렴풋한 윤곽이 보였다. 그가 가까이 다가서자 이 윤곽은 잠깐 떨어졌다가 다시 하나로 붙는 것이었다. 그의 귓가에 키스하는 소리가 들렸고, 그의 모습을 보고는 웃음 섞인 소리로 "오!" 하고 지르는 탄성이 들렸다. 또다시 이 윤곽은 재빨리 떨어지고 이 윤곽의 절반이 사라진 뒤 바넘네 대문이 쾅 하고 닫히는 동시에 다른 반쪽은 이선을 앞질러 서둘러 걸어갔다. 그는 자신 때문에 이렇게 당황한 젊은이들을 보고 빙그레 웃었다. 네드 헤일과 루스 바넘이 서로 키스하다가 들킨들 무슨 문제란 말인가? 스탁필드에서는 누구나 다 그들이 약혼한 사이라는 걸 알고 있었다. 자신과 매티가 마음속에 상대방에 대한 갈증을 느끼며 서 있던 바로 그 자리에서 한 쌍의 연인을 놀라게 했다는 생각에 이선은 기분이 좋았다. 하지만 이 두 연인은 자신들의 행복을 숨길 필요가 없다는 생각이 들자 이선은 가슴이 저며오는 것을 느꼈다.

그는 헤일의 마구간에서 갈색 말들을 끌어내어 긴 언덕길을 따라 농장으로 향했다. 추위는 그날 아침보다는 덜했고, 하늘에 양털 같은 짙은 구름이 낀 것으로 보아 이튿날에는 눈이 쏟아질 것 같았다. 여기저기에 별이 하나 둘씩 모습을 드러내며 그 뒤에 깊은 우물 같은 창공을 보여주었다. 이제 몇 시간 뒤면 달이 농장 뒤 산등성이 위로 구름을 밀치고 나와 구름의 가장자리를 금빛으로 장식하고는 다시 구름 속에 잠기게 될 것이다. 마치 추위의 느슨한 손아귀를 느끼고 이 기나긴 겨울 잠 속에 사지를 뻗고 누워 있는 듯 구슬픈 평화가 들판 위에 깔려 있었다.

이선은 썰매의 방울 소리를 들으려고 쫑긋하고 귀를 기울였지만 아무 소리도 이 호젓한 길의 정적을 깨뜨리지 않았다. 농장에 가까이 다가가자 대문 앞에 서 있는 낙엽송의 엷은 울타리 사이로 집 안에서 반짝이는 불빛이 보였다. "그녀가 자기 방에 있구나." 그는 혼자 중얼거렸다. "저녁을 준비하고 있군." 그녀가 이 집에 온 첫날 밤, 머리를 말쑥하게 빗고 목덜미에 리본을 드리우고 저녁 먹으러 아래층으로 내려왔을 때 지나가 빈정대는 눈초리로 응시하던 일이 생각났다.

그는 언덕 위에 있는 무덤들 옆을 지나면서 고개를 돌려 오래된 비석 하나를 쳐다보았다. 그 위에 자기 이름이 쓰여 있었기 때문에 어린 시절의 그에게 깊은 감명을 주었던 비석이었던 것이다.

오십 년 동안

평화스럽게 함께 산

이선 프롬*과 그의 아내 인듀어런스**를

기념하여

오십 년을 같이 산다는 것이 전에는 꽤 긴 세월같이 여겨졌지만 지금에 와서는 이 긴 세월도 한순간처럼 금방 지나갈 것 같았다. 그는 문득 자기와 지나의 차례가 돌아올 때도 이와 똑같은 비문이 쓰일까 하는 생각이 들었다.

그는 이디의 갈색 망아지가 자신의 갈색 말 곁에 있는 것을 보게 되지는 않을까 은근히 두려워하면서 마구간 문을 열고 목을 길게 뻗어 어둠 속을 들여다보았다. 하지만 마구간에는 늙은 말 혼자 이가 빠진 입으로 우물우물 구유를 핥고 있을 뿐이었다. 이선은 신이 나 휘파람을 불면서 회색 말들에게 짚을 깔아주고 구유에 여분으로 귀리를 넣어주었다. 그의 목소리는 듣기 좋은 목소리는 아니었지만 그가 마구간 문을 잠그고 언덕을 뛰어 올라와 자기 집으로 향할 때는 거친 소리나마 노랫가락이 흘러나왔다. 그는 부엌 문간에 이르러 문고리를 돌렸지만 문이 열리지 않았다.

그는 문이 잠겨 있는 것을 알고는 놀라 문고리를 난폭하게 흔들어댔다. 다음 순간 그는 그녀가 집에 혼자 있고 그래서 마땅히

---

* 『겨울』의 주인공 이선 프롬은 이 선조의 이름을 그대로 물려받고 있다. 이렇게 주인공의 이름을 반복하는 것은 유전과 환경의 힘에 따른 결정론적 주제와 관련되어 있다.

** 이 작품의 작중인물들이 흔히 그러하듯 이 인물도 '인내'나 '인종'이라는 상징적 의미를 지닌다. '이선' 또한 히브리어로 '영원한'이나 '인내심 있는'이라는 뜻을 지닌다.

밤중에 자신을 보호하고 있다는 사실을 깨달았다. 그는 어둠 속에 서서 그녀의 발소리가 들리려니 했다. 하지만 발소리는 들리지 않았고, 그래서 귀를 기울여보아도 아무 소용이 없자 기쁨으로 떨리는 목소리로 "이봐, 맷!" 하고 불렀다.

정적이 대답했다. 하지만 잠시 뒤 계단에서 무슨 소리가 들리더니 문 테두리 주위에 그가 전날 밤에 본 것과 같은 한 줄기 빛이 보였다. 전날 밤에 일어났던 일이 이상할 정도로 정확하게 그대로 되풀이된 탓에 그는 문이 열리는 소리가 들릴 때 아내가 자기 앞 문지방 위에 서 있으려니 하고 예상했다. 하지만 문이 열리고 보니 매티가 그 앞에 서 있었다.

그녀는 손에 램프를 치켜들고 부엌의 검은 배경을 등지고 지나가 서 있던 바로 그 모습으로 서 있었다. 그녀는 전날 밤과 똑같은 높이로 램프를 쳐들고 있었고, 그 불빛도 전날 밤과 똑같이 분명하게 그녀의 가냘픈 손목과 어린아이의 팔목보다 더 클 것이 없는 갈색 팔목을 드러내고 있었다. 그러고 나서 그 불빛이 위로 올라가자 그녀의 입술이 빛났고, 그녀의 눈 가장자리는 벨벳 색깔이 되었으며, 굽은 검은 눈썹 윗부분은 우윳빛의 뽀얀 흰색으로 빛났다.

그녀는 늘 입던 거무스레한 천으로 된 옷을 입고 목에는 나비매듭을, 머리에는 자주색 리본을 매달고 있었다. 이렇게 평상시와는 달리 맵시를 내고 보니 그녀의 모습이 달라 보이고 훨씬 돋보였다. 이선의 눈에는 그녀가 키가 더 커지고, 가슴이 풍만해지고, 체형과 몸놀림이 좀더 여성스러워진 듯했다. 그가 들어서자 그녀는 옆에 비켜서서 살짝 미소 짓다가 물 흐르듯 사뿐한 걸음걸이로 가버렸다. 그녀는 초롱불을 식탁 위에 올려놓았다. 식탁에는 새로 구운 도넛이랑 블루베리 스튜랑 그가 좋아하는 오이지가 화려한 붉은 유리 접시에 담긴 채 저녁 식사가 정성스럽게 차려 있었다. 난로에는 불이 이글이글 타오르고 있었고, 고양이가 졸린 눈으로 그 앞에 누워 식탁을 바라보고 있었다.

이선은 그야말로 행복감으로 숨이 막힐 정도였다. 그는 복도에 나가서 외투를 걸어놓고 젖은 구두를 벗었다. 다시 돌아오자 그녀는 벌써 찻주전자를 식탁 위에 내놓았고, 고양이는 응석 부리듯 그녀의 복사뼈에 대고 몸을 비비고 있었다.

"이런, 나비야! 하마터면 넘어질 뻔했잖아." 그녀가 소리를 질렀다. 웃음이 두 눈썹 사이로 빛났다.

또다시 이선은 갑자기 질투가 가시처럼 짜릿하게 찔러오는 것을 느꼈다. 정말 자신이 온다고 해서 그녀의 얼굴이 이렇게 빛날 수 있을까?

"참, 매티, 누구 찾아온 사람이 없었어?" 그가 몸을 구부려 건성으로 난로 문의 걸쇠를 살펴보면서 불쑥 말했다.

그녀는 고개를 끄덕였고 웃으며 "맞아요, 한 사람이 왔었어요" 하고 대답했다. 그러자 그는 자신의 미간에 어두운 그림자가 드리워지는 것을 느꼈다.

"그게 누군데?" 그는 몸을 일으켜 찡그리며 그녀를 비껴 보며 물었다.

그녀의 눈에는 장난기가 가득했다. "누구긴요, 조섬 파월이죠. 돌아오는 길에 잠시 들러 자기 집으로 내려가기 전에 커피나 한잔 달라고 하던걸요."

검은 그림자가 걷히고 밝은 빛이 이선의 머리에 감돌았다. "그뿐이야? 커피는 대접해주었겠지." 그러고 나서 잠시 잠자코 있다가 "지나를 플래츠까지 잘 데려다주었겠지?" 하고 덧붙이는 것이 좋겠다고 생각했다.

"그럼, 물론이지요. 시간도 넉넉했다는걸요."

지나라는 이름이 두 사람 사이에 그만 찬물을 끼얹었다. 그들은 잠시 곁눈질로 상대방을 쳐다보며 서 있었다. 그러다 그녀가 수줍게 웃으면서 "이제 저녁 먹을 시간이 되었어요" 하고 입을 열었다.

두 사람은 식탁으로 의자를 끌어당겼고, 고양이는 초대받지도 않았는데 두 사람 사이에 있는 지나의 빈 의자로 껑충 뛰어올랐다. "오, 나비야!" 하고 그녀가 말했고, 그들은 또다시 웃었다.

이선은 조금 전만 하더라도 막 웅변을 토하고 싶은 느낌이었지만 일단 지나에 대한 언급이 있자 입이 꽁꽁 얼어붙었다. 그녀도 그의 당황하는 빛에 감염된 듯 눈을 아래로 내리깔고 차를 조금씩 마실 뿐이었다. 한편 그는 짐짓 왕성한 식욕이 난 듯 도넛과 달콤한 오이지를 먹었다. 드디어 그는 적절한 화젯거리를 생각해낸 다음, 차를 한 번 길게 마시고 목청을 가다듬고는 "눈이 좀더 내릴 것 같군" 하고 말했다.

그녀는 그 말에 큰 관심을 보이는 척했다. "그래요? 혹 지나 아줌마가 돌아오는 데 지장이 있긴 않을까요?" 그녀가 말했다. 이 말을 입 밖에 내자마자 그녀는 얼굴이 빨갛게 달아올라 얼른 찻잔을 내려놓았다.

이선은 오이지를 한 번 더 집으려고 손을 내밀었다. "이맘때 플래츠에 눈보라가 불어닥치지 않는다고 장담할 수가 없어." 지나의 이름이 나오자 다시 그는 사지가 뻣뻣하게 굳어지는 것만 같았다. 마치 지나가 방 안에 두 사람 사이에 있는 것처럼 느껴졌다.

"오, 나비야, 넌 정말 욕심도 많구나!" 그녀가 소리를 질렀다. 고양이는 부드러운 발로 살그머니 지나의 의자에서 식탁으로 기어 올라와서는 이선과 그녀 사이에 놓여 있는 우유 주전자 쪽으로 슬그머니 몸을 폈다. 두 사람이 동시에 몸을 앞으로 기울였고, 두 사람의 손이 우윳병 손잡이 위에서 만났다. 그녀의 손은 아래쪽에 있었고 이선은 필요 이상으로 오래 그 손을 붙잡고 있었다. 고양이는 평소에 보지 못한 두 사람의 감정 표현을 틈타 눈에 띄지 않게 슬쩍 뒷걸음치다가 오이지 접시와 부딪쳤다. 그 바람에 접시가 마루에 떨어져서 그만 산산조각이 나고 말았다.

"오, 아저씨, 이선 아저씨…… 산산조각이 났어요! 지나 아줌마가 뭐라고 하실까요?"

하지만 이번에는 그에게도 배짱이 생겼다. "글쎄, 어차피 고양이를 탓해야 할 테지!" 그는 웃으면서 대답하고는 무릎을 꿇고 그녀 곁에 앉아서 여기저기 나뒹굴고 있는 오이지를 주워 모았다.

매티는 놀란 눈으로 그를 쳐다보았다. "그래요. 하지만 아저씨도 알다시피 지나 아줌마는 이 그릇을 사용해서는 안 된다고 하셨어요. 심지어 손님이 올 때에도 말이죠. 그런데도 사다리를 타고 기어 올라가 이 그릇을 내렸어요. 이 그릇과 함께 지나 아줌마가 제일 소중히 여기는 물건을 두는 찬장의 꼭대기 선반에서 말이에요. 지나 아줌마는 물론 왜 내가 이런 짓을 했는지 따질 거구요……"

사태는 아주 심각하여 이선의 숨은 결단력이 필요했다.

"네가 잠자코 있기만 하면 지나가 이 일을 알 턱이 없지. 내일이 그릇과 똑같은 것을 사 갖고 오마. 도대체 어디서 샀을까? 새즈폴스라도 가야 한다면 가야지!"

"오, 그곳에서도 이런 것은 사지 못할걸요! 이 그릇은 결혼선물이었어요…… 기억 안 나세요? 목사와 결혼한 지나 아줌마의 아줌마가 멀리 필라델피아에서 보내온 거예요. 그 때문에 지나 아줌마가 이 그릇을 사용하지 않았던 건데. 오, 아저씨, 아저씨, 난 어떻게 하면 좋아요?"

그녀는 울기 시작했고, 그는 그녀의 눈물 방울방울이 녹은 납처럼 자신의 몸 위에 떨어지는 듯한 기분이 들었다. "그쳐, 매티. 그쳐…… 제발 그치라니까!" 그는 애원하다시피 했다.

그녀는 자리에서 일어났고, 그도 일어서서 그녀를 따라갔다. 그녀는 부엌 찬장 위에 깨진 접시 조각을 펼쳐놓았다. 그에게는 마치 단둘만의 밤이 산산조각이 난 채 놓여 있는 것만 같았다.

"자, 그걸 내게 줘." 그가 갑자기 단호한 목소리로 말했다.

그녀는 본능적으로 그의 말대로 옆으로 비켜섰다. "오, 아저씨, 어떻게 하려고 그래요?"

아무런 대답도 하지 않고 그는 유리 조각을 넓적한 손바닥에 모아 갖고는 부엌을 나와 복도로 걸어갔다. 거기서 초 동강에 불을 붙이고는 사기 그릇 찬장을 연 뒤, 긴 팔을 들어 가장 높은 선반에 올려놓았다. 정교한 솜씨로 감쪽같이 맞춰놓은 바람에 아무리 자세히 살펴보아도 밑에서는 접시가 깨진 것을 알아낼 수 없었다. 이튿날 아침 이것을 아교로 붙여놓으면 아마 몇 달은 지나서야 아내가 이 일을 알아차리게 될 것이다. 그동안에 섀즈폴스나 베츠브리지에 가서 이 접시와 똑같은 것을 찾아낼 수 있을 것이다. 곧 발각될 위험이 없을 거라는 생각에 마음이 흐뭇해진 그가 아까보다 가벼운 걸음으로 부엌에 돌아와 보니 그녀는 낙심한 채로 마룻바닥에 남은 마지막 오이지 조각을 치우고 있었다.

"맷, 이젠 괜찮아. 자 어서 와서 저녁 식사나 끝내자고." 그가 명령하듯 말했다.

완전히 안심이 되자 그녀는 아직 눈물이 남아 있는 눈썹으로 그에게 밝은 웃음을 보냈다. 자기의 말투에 그녀가 안심하는 것을 보자 그의 가슴은 자부심으로 뿌듯했다. 그녀는 그가 그것을 어떻게 했는지조차 묻지 않았다. 커다란 통나무를 산에서 목재소로 끌어 내릴 때를 빼고는 그는 지금처럼 이렇게 짜릿한 승리감을 느껴본 적이 일찍이 없었다.

제5장

두 사람은 저녁 식사를 모두 마쳤다. 매티가 식탁을 치우는 동안 이선은 소들을 보살피고 나서 마지막으로 집을 한 바퀴 빙 돌아보았다. 대지는 구름 낀 하늘 아래 캄캄하게 누워 있었고, 대기는 몹시도 고요해서 이따금 멀리 숲가에서 눈덩어리가 나뭇가지에서 탕 하고 떨어지는 소리가 들렸다.

그가 부엌에 돌아오니 그녀는 벌써 그의 의자를 난로 옆에 갖다놓고 램프불 옆에 바느질감을 갖고 자리를 잡고 있었다. 이 것은 그날 아침 그가 꿈꾸던 바로 그 장면이었다. 그는 앉아서 담뱃대를 호주머니에서 꺼낸 뒤 불이 이글거리는 난로 쪽으로 다리를 쭉 뻗었다. 추운 날씨에 온종일 밖에서 힘든 일을 끝내고 난 뒤라 노곤해지면서 동시에 긴장이 풀리는 것을 느꼈다. 모든 것이 따뜻하고 조화롭고 시간마저도 아무런 변화를 가져오지 못하는 딴 세상에 가 있는 듯한 착각이 들었다. 이 완전한 행복에 딱 하나 결점이 있다면 자기가 앉아 있는 곳에서는 그녀를 볼 수 없다는 것뿐이었다. 하지만 그는 너무 나른해서 몸을 움직일 수 없어 조금 뒤 매티에게 "이리 와서 난로 곁에 앉지" 하고 말했다.

지나의 흔들의자가 바로 그의 앞에 놓여 있었다. 매티는 공손히 일어나서 그 의자에 앉았다. 그녀의 싱그러운 갈색 머리가 늘 아내의 여윈 얼굴을 감싸고 있던 누비 쿠션을 배경으로 눈앞에 나타났을 때 이선은 잠시 놀라움을 금치 못했다. 마치 다른 사람의 얼굴이, 그러니까 주인의 얼굴이 침입자의 얼굴을 지워버리는 것 같았기 때문이다. 조금 뒤 그녀도 똑같은 구속감에 짓눌리는 듯했다. 자세를 바꿔 몸을 구부리고는 바느질감 위에 머리를 숙인 것이다. 그래서 그는 그녀의 콧잔등과 붉은 머리카락밖에는 볼 수 없었다. 잠시 후 그녀는 살짝 자리에서 일어나면서 "어두워서 바느질을 할 수 없네요" 하고 말하고는 램프 옆 자기 의자로 다시 돌아갔다.

이선은 난로에 나무를 집어넣는 척하며 자리에서 일어났다. 그리고 다시 자리에 돌아와서는 그녀의 옆모습과 손에 램프불이 비치는 모습을 바라볼 수 있도록 의자를 옆으로 밀어놓았다. 고양이는 전에 보지 못한 그의 낯선 동작에 어리둥절해하다가 지나의 의자에 뛰어 올라가 몸을 공처럼 둥그렇게 만들고는 가느다랗게 눈을 뜨고 누워 두 사람을 주시했다.

방에 깊은 정적이 가라앉았다. 찬장 위에서 시계가 째깍째깍거렸고, 난로 안에서는 이따금 숯처럼 까맣게 탄 장작개비가 떨어졌다. 제라늄의 은은하면서도 강한 향기가 이선의 담배 냄새와 뒤섞여 램프 주위에 푸른색 아지랑이를 만들어냈고, 방 안의 그늘진 구석구석에 잿빛 거미줄을 만들어놓기 시작했다.

두 사람이 느끼던 압박감은 이제 모두 사라져버렸고, 이제 그들은 편하고 솔직하게 이야기를 나누기 시작했다. 일상적인 이야기와 눈이 얼마나 내릴 것인지, 다음에 교회에서 열릴 사교 행사, 스탁필드에서 일어나는 연애 이야기와 싸움 이야기를 했다. 이야깃거리가 평범하고 일상적인 것들인지라 이선은 두 사람 사이가 오랜 세월을 두고 이루어진 친밀한 사이라는 착각에 빠졌다. 어떠한 감정의 폭발로도 느낄 수 없는 그런 친밀한 관계 말이다. 그래서 그는 상상력의 날개를 활짝 펴서 자신들이 지금까지 늘 이렇게 밤을 지내왔고 앞으로도 언제나 이렇게 보낼 것이라고 생각했다……

"매티, 오늘 밤이 우리가 썰매 타러 가기로 했던 날이지?" 마침내 그가 입을 열었다. 이렇게 말하면서 그는 앞으로 시간은 충분하기 때문에 마음만 먹으면 그들이 언제든지 썰매를 타러 갈 수 있다는 달콤한 생각에 잠겨 있었다.

그녀가 미소를 지었다. "전 아저씨가 잊은 줄 알았어요!"

"아니, 잊지 않았어. 하지만 밖은 칠흑처럼* 캄캄하니 내일 달이 뜨면 가기로 하지."

머리를 뒤로 반쯤 젖힌 채 그녀가 환하게 웃었다. 램프불이 그녀의 입술과 이빨에 반짝였다. "아저씨, 그러면 정말 좋을 것 같아요!"

그는 그녀에게서 시선을 떼지 않았고, 화제가 바뀔 때마다 그녀의 얼굴이 마치 여름 미풍에 흔들리는 밀밭처럼 바뀌는 것에 놀랐다. 자신의 서투른 말솜씨에서 이런 매력을 발견한 것은 참으로 흥분할 만한 일이었다. 그래서 그는 그것을 사용할 새 방법을 찾아내고 싶었다.

"이렇게 캄캄한 밤에 나와 같이 썰매를 타고 코베리 도로를 내려간다면 겁이 나겠지?" 그가 물었다.

그녀의 두 뺨이 한층 빨갛게 달아올랐다. "아저씨보다 더 겁내지는 않아요!"

"하지만, 나라면 겁이 나 거기서 썰매를 타진 않아. 그 아래

---

* 원문에는 '이집트처럼 어둡다'로 되어 있다. "주께서 모세에게 말씀하셨다. '너는 하늘로 팔을 내밀어라. 그러면 손으로 더듬어야 다닐 만큼 짙은 어둠이 이집트 땅을 덮을 것이다'"(출애굽기 10장 21절).

큰 느릅나무 옆에 위험한 모퉁이가 있거든. 만약 눈을 똑바로 뜨지 않았다가는 정면으로 들이박을걸." 그는 자신의 말이 담고 있는 보호와 권위의 느낌을 만끽했다. 그 감정을 좀더 유지하고 강조하려고 그는 "우린 여기 있어도 충분히 즐거운 것 같은데" 하고 덧붙였다.

매티는 그가 좋아하는 모습으로 눈꺼풀을 천천히 내리깔았다. "그래요, 여기 있어도 아주 좋아요." 그녀가 한숨 지으며 말했다.

그녀의 말투는 하도 달콤해서 그는 입에 물었던 담뱃대를 빼낸 뒤 식탁 쪽으로 제 의자를 끌어당겼다. 그러고는 앞으로 기대어 그녀가 시치고 있는 갈색 천의 끝자락을 잡았다. 그는 미소를 지으면서 말을 꺼냈다. "자, 맷. 조금 전 집에 돌아오는 길에 바넘네 전나무 아래에서 내가 무엇을 보았을 것 같아? 네 친구 하나가 키스당하는 걸 보았지."

이 말이 저녁 내내 그의 혀끝에 맴돌고 있었지만 막상 말해놓고 보니 말할 수 없이 천박하고 왠지 어울리지 않는다는 생각이 들었다.

그녀는 머리끝까지 얼굴이 빨개져서 바늘을 두서너 번 재빨리 바느질감에서 뽑고는 살그머니 그가 쥐고 있는 천의 끝자락을 잡아당겼다. "루스와 네드일 거예요." 그녀는 마치 그가 갑자기 어떤 중대한 문제를 건드리기라도 한 듯이 나지막한 목소리로 말했다.

이선은 이 암시가 가벼운 농담으로 발전하고 어쩌면 다시 가벼운 포옹으로 이어지지나 않을까 상상했다. 아니면 그저 그녀의 손이나 살짝 만지는 정도라도 말이다. 하지만 지금 그녀의 붉어진 얼굴은 단단히 둘러쳐진 방어진처럼 느껴졌다. 그는 자신이 이렇게 느끼는 것은 날 때부터 수줍음이 많기 때문이라고 여겼다. 대부분의 청년들이 예쁜 처녀와 키스하는 정도는 대수롭지 않게 여기고 있다는 것쯤은 잘 알고 있었다. 또 전날 밤 그가 그녀를 껴안았을 때 그녀가 그를 뿌리치지 않았던 것도 기억했다. 하지만 그것은 어디까지나 의무와 구속이 없는 탁 트인 밤에 집 밖에서 일어난 일이었다. 옛날부터 내려오는 예절과 질서가 자리 잡고 있는, 램프불이 켜진 따뜻한 방 안에서 지금 그녀는 자기에게서 한없이 멀리 떨어져 있어 더더욱 가까이할 수 없는 존재처럼 느껴졌다.

긴장을 풀기 위해 그는 "곧 결혼 날짜를 정할 것 같던데" 하고 말했다.

"맞아요. 그 두 사람이 오는 여름에 결혼한다 해도 놀라지 않을 거예요." 그녀는 이 '결혼'이란 말을 마치 목소리로 애무하기라도 하듯 발음했다. 이를테면 마법에 걸린 숲 속의 빈터로 이어지는 덤불과도 같다고나 할까. 고통의 바늘이 이선의 마음을 쿡 찔렀고, 그래서 그는 의자에 앉은 채 그녀에게서 떨어지며 "다음은 네 차례라고 해도 놀라지 않을 거야" 하고 말했다.

그녀는 좀 어리둥절해하며 웃더니 "아저씬 왜 계속 그런 말씀을 하세요?" 하고 말했다.

그도 따라서 웃었다. 또다시 그는 식탁에 다가앉았고, 그녀는 속눈썹을 아래로 내리깔고 바느질을 계속했다. 한편 그는 앉아서 그녀의 손이 바느질감의 아래위로 왔다 갔다 하는 모습을 무엇에 홀리기라도 한 듯 물끄러미 쳐다보고 있었다. 둥지를 짓는 새 한 쌍이 짧게 수직으로 날아오르는 모습을 보는 것처럼. 마침내 그녀는 머리를 돌리거나 눈꺼풀을 쳐들지 않은 채 나지막한 목소리로 "설마 지나 아줌마가 저에게 불만을 품고 있어서 그러는 건 아니겠지요?" 하고 말했다.

이 말을 듣자 아까 느꼈던 두려움이 다시 중무장을 한 채 고개를 쳐들었다. "무슨 뜻으로 하는 말이지?" 그는 말을 더듬거렸다.

그녀는 바느질감을 두 사람 사이 식탁 위에 내려놓고 슬픔에 잠긴 눈을 들어 그의 눈을 쳐다보았다. "잘 모르겠어요. 어젯밤에 지나 아줌마가 그러는 것 같았어요."

"뭘 그러는 것 같았다는 거야?" 그가 큰 소리로 물었다.

"지나 아줌마가 무슨 생각을 하는지 누가 알겠어요." 처음으로 그들은 매티에 대한 지나의 태도를 드러내놓고 말했다. 이름을 되풀이해 말하다 보니 그 이름이 방 끝까지 갔다가 다시 길게 메아리쳐 돌아오는 것 같았다. 그녀는 메아리가 끝나기를 기다리기라도 한 듯 "지나 아줌마가 아저씨한테 아무 말도 하지 않았어요?" 하고 물었다.

그는 머리를 내저었다. "아니, 한마디도 없었는데."

그녀는 웃으면서 앞이마에 드리운 머리카락을 뒤로 넘겼다. "그럼 제가 신경과민인가봐요. 이제부터 그 일에 대해선 생각하지 않을래요."

"오, 그래…… 맷, 우리 그 일에 대해선 생각하지 말자!"

이선의 말투가 갑자기 열을 띠자 또다시 그녀의 얼굴이 붉어졌다. 하지만 갑자기 붉어진 것은 아니고, 한 생각이 그녀의 가슴에 천천히 스며드는 것처럼 조금씩 그리고 미묘하게 붉어졌다. 그녀는 바느질감을 손으로 꼭 잡은 채 잠자코 앉아 있었다. 그는 난류가 그들 사이에 놓여 있는 천 조각을 따라 자신 쪽으로 흘러오는 것처럼 느껴졌다. 그는 조심스럽게 손을 식탁을 따라 미끄러뜨려 손끝으로 천의 끝자락을 만졌다. 그녀의 속눈썹이 가늘게 떨리는 것으로 보아 그녀도 그의 몸짓을 알아차린 듯했다. 또한 그 몸짓이 그녀에게 역류(逆流)를 흘려보냈다는 사실을 알아차린 듯했다. 그녀는 천 조각의 다른 쪽 끝자락에 가만히 손을 얹어놓고 있었다.

두 사람이 이렇게 앉아 있는데 뒤에서 무슨 소리가 들리자 그는 고개를 돌렸다. 고양이가 벽 널빤지에 있는 쥐를 쫓느라고 지나의 의자에서 껑충 뛰어내렸던 것이다. 이렇게 갑자기 움직이는 바람에 빈 의자가 유령처럼 흔들리기 시작했다.

'내일 이 시간쯤이면 아내가 저 의자에 앉아 흔들고 있겠지.' 이선은 생각했다. '나는 지금껏 꿈속을 헤매고 있었던 거야. 오늘 밤이 우리가 단둘이 앉아서 보낼 마지막 밤이로구나.' 이렇게 현실로 돌아오는 것은 마치 마취제를 투여받은 뒤 다시 의식을 되찾는 것처럼 고통스러웠다. 몸과 머리가 이루 말할 수 없는 피로감에 사로잡혀 있었다. 그는 미칠 듯이 달아나버리는 순간순간을 붙잡아둘 어떠한 말도, 어떠한 일도 생각해낼 수 없었다.

그의 감정 변화가 그녀에게도 전달된 것 같았다. 그녀는 마치 졸음에 겨워 눈꺼풀을 들어 올리기가 무척 힘에 부친다는 듯 나른한 표정으로 그를 올려다보았다. 그녀의 시선은 이제 완전히 일감의 한쪽 끝을 덮고 그녀 자신의 일부라도 되는 듯이 꼭 붙잡고 있는 그의 손 위에 멈춰 있었다. 희미한 경련이 그녀의 얼굴을 스치고 지나가자, 그는 자신도 모르게 고개를 숙이고 손에 쥐고 있던 천 조각에 키스를 했다. 입술을 아직 대고 있는데 옷감이 자신의 입술 아래에서 스르르 미끄러지는 것이 느껴졌다. 그녀가 자리에서 일어나 소리 없이 일감을 감는 것이 보였다. 그녀는 일감을 핀으로 꽂아놓은 다음 골무와 가위를 찾아서 이것을 바느질 천 두루말이와 함께 그가 언젠가 베츠브리지에서 자기에게 갖다 준 색종이로 덮은 상자 속에 집어넣었다.

그도 자리에서 일어나 물끄러미 방 안을 둘러보았다. 찬장 위에 있는 시계가 열한시를 쳤다.

"난롯불은 괜찮아요?" 그녀가 나지막하게 물었다.

그는 난로 문을 열고 불 찌꺼기를 되는대로 뒤적였다. 몸을 다시 일으키자 그녀는 고양이가 잠자리로 쓰는 양탄자로 안을 댄 낡은 비누 상자를 난롯가로 끌고 왔다. 그러고 나서 그녀는 마루를 가로질러 가 제라늄 화분 두 개를 팔에 안고 차디찬 유리 창문에서 옮겼다. 그는 그녀를 따라 나머지 제라늄과 금이 간 커스터드 그릇에 담긴 히아신스의 둥근 뿌리와 낡은 크로케*의 기둥 문에 뻗어 올라간 독일 담장넝쿨을 가져왔다.

이렇게 밤마다 하는 일을 모두 끝내자 복도에서 주석 촛대를 들여오는 일과, 양초에 불을 켜고 램프불을 끄는 일 외에 이제 할 일이라곤 아무것도 남지 않았다. 이선은 촛대를 그녀의 손에

* 잔디 위에서 하는 공놀이. 게이트볼과는 달리 상대방의 공을 자기 공으로 제친다.

넘겨주었고, 그녀는 그보다 먼저 부엌에서 나갔다. 앞에 들고 나가는 불빛에 비쳐 그녀의 검은 머리가 달을 덮은 안개보라처럼 보였다.

그녀가 층계의 첫 계단에 발을 올려놓자 그가 "맷, 잘 자" 하고 말했다.

그녀는 돌아서서 잠깐 그를 바라보았다. "아저씨도 안녕히 주무세요." 그렇게 대답하고는 올라가버렸다.

그녀의 방문이 닫힌 뒤에서야 그는 그녀의 손목도 잡지 않았다는 사실을 깨달았다.

제6장

이튿날 아침 아침 식사 때 조섬 파월이 두 사람 사이에 끼었다. 이선은 의자에 앉아 뒤로 몸을 젖혀 고양이에게 음식 찌꺼기를 던져주는가 하면, 날씨에 대해 불평을 늘어놓기도 하고, 그녀가 접시를 치우려고 일어날 때도 도와주려고도 하지 않는 등 일부러 무관심한 척하면서 기쁨을 감추려 했다.

이선은 자신의 인생이나 그녀의 인생에서 달라진 것이 아무것도 없는데 왜 이렇게 행복한지 그 이유를 알 수가 없었다. 그녀의 손끝을 만진 적도, 그녀의 눈을 똑바로 바라본 적도 없었는데도 말이다. 하지만 두 사람이 단둘이 밤을 같이한 일이 그녀가 자신의 곁에 있으면 인생이 어떠하리라는 환상을 보여주었고, 자신이 그런 달콤한 광경에 찬물을 끼얹는 일은 아무것도 하지 않았다는 사실에 가슴이 뿌듯해졌다. 그가 무엇 때문에 행동을 삼갔는지 그녀도 잘 알고 있을 거라는 생각이 들었다……

마지막으로 마을로 끌어 내려와야 할 목재가 남아 있었다. 그래서 조섬 파월이—겨울철에는 이선을 위해 정기적으로 일을 하지 않는데—이 일을 도와주려고 잠시 '들렀던' 것이다. 하지만 전날 밤의 함박눈이 진눈깨비로 바뀌면서 길들이 온통 유리처럼 반들반들해졌다. 공기 중에는 전보다 더 많은 습기가 있었기 때문에 오후에 날씨가 좀 '풀리면' 두 남자가 작업하기가 더 안전할 듯했다. 그래서 이선은 일꾼에게 그 전날 아침에 했던 것처럼 우선 숲에서 썰매*에 짐을 실어놓고 스탁필드로 '같이 팀을 짜서 말을 몰고' 가는 일은 그날 오후로 미루자고 제안했다. 이렇게 계획을 세우면 점심을 먹은 뒤 조섬을 플래츠로 보내 지노비어를 데려오도록 하고, 그동안 자신은 목재를 마을로 끌어내릴 수 있는 이점이 있었다.

그는 조섬에게 밖에 나가서 회색 말들에게 마구를 씌우라고 말하고는 자신은 잠시 매티와 함께 부엌을 차지하고 있었다. 그녀는 아침 먹은 접시들을 집어 주석으로 만든 설거지통에 풍덩 담가놓고 팔꿈치까지 옷을 걷어붙여 가냘픈 팔을 드러낸 채 몸

* 짐을 운반하는 데 사용하는 썰매. 사람이 타고 다니는 눈썰매(cutter)와는 달리 이 썰매(sledge)는 얼음이나 눈 위에서 짐을 운반한다.

을 구부리고 있었고, 뜨거운 물에서 올라오는 수증기가 그녀의 앞이마에 구슬처럼 맺혔다. 헝클어진 머리카락이 여위초* 덩굴처럼 조그마한 갈색 고리로 질끈 동여매여 있었다.

이선은 가슴이 메어 그녀를 바라보며 서 있었다. 그는 "다시는 이렇게 단둘이 있을 수 없겠구나"라고 말하고 싶었다. 하지만 이 말 대신 그는 손을 내밀어 찬장 선반에서 담배 지갑을 집어 주머니에 쑤셔 넣고는 이렇게 말했다. "점심 먹으러 집에 올 수 있을 거야."

"알겠어요, 아저씨." 그녀가 대답했다. 그는 밖으로 나가면서 그녀가 접시를 닦으며 노래를 부르는 소리를 들었다.

썰매에 짐을 실어놓자마자 그는 조섬을 농장으로 돌려보내고 자신은 걸음을 서둘러 마을에 들어가 오이지 접시를 붙일 아교를 살 작정이었다. 평범한 운만 따라줬어도 그는 이 계획을 실행에 옮길 수 있었을 것이다. 하지만 모든 일이 처음부터 빗나가기 시작했다. 숲으로 가는 도중 회색 말 한 필이 빙판 길에 미끄러져서 그만 무릎을 다쳤다. 그래서 그들은 말을 끌어 일으키고서는 조섬이 마구간으로 돌아가 상처를 싸맬 천 조각을 갖고 와야 했다. 그러고 나서 마지막으로 짐을 싣기 시작하자 또다시 진눈

* 옅은 노란색 꽃이 피는 다년생 넝쿨식물.

깨비가 내리기 시작했다. 그래서 나무둥지가 너무 미끄러워 그것을 들어 올려 썰매에 제대로 싣는 데 보통 때의 배가 걸렸다. 조섬의 말마따나 일하기에는 적당치 않은 아침이었던 것이다. 젖은 담요를 덮어쓴 채 추위에 떨며 발을 구르고 있는 말들도 사람만큼이나 이런 날씨를 좋아하지 않는 듯했다. 점심때가 훨씬 넘은 뒤에야 비로소 일을 끝낼 수 있었다. 그리고 이선은 부상당한 말을 집으로 데려가 직접 상처를 씻어주고 싶었기 때문에 마을로 가는 일은 단념할 수밖에 없었다.

이선은 점심을 먹자마자 곧바로 목재를 가지고 다시 출발하면 조섬과 늙은 밤색 말이 플래츠에서 지노비어를 데려오기 전까지는 아교를 사 가지고 농장으로 돌아올 수 있을 거라고 생각했다. 하지만 이선은 그럴 가능성이 거의 희박하다는 사실을 잘 알고 있었다. 그것은 도로 사정과 베츠브리지 열차의 연착 여부에 달려 있었다. 그는 뒷날 이러한 가능성에 너무 큰 무게를 실었다는 사실을 비록 순간적이나마 자기 경멸을 느끼며 기억했다……

점심을 먹자마자 그는 조섬이 떠날 때까지 기다리지 않고 다시 숲으로 향했다. 일꾼은 여전히 난로에서 젖은 신발을 말리고 있었다. 그래서 이선은 매티에게 슬쩍 시선을 던지고는 목소리를 낮춰 "나 빨리 돌아올게" 하고 말했다.

그녀가 알아들었다는 듯 고개를 끄덕거렸다고 그는 생각했다. 그것을 한 가닥 위안으로 삼고 그는 비를 맞으며 터벅터벅 걸어가야 했다.

그가 짐을 몰고 마을까지 반쯤 왔을 때 조섬 파월이 그를 따라잡고 내키지 않아하는 말을 채찍질하여 플래츠로 몰았다. '그 일을 마치려면 바삐 서둘러야겠는걸.' 이선은 썰매가 자기 앞에서 학교 언덕의 비탈길을 내려가는 것을 보며 생각했다. 그리고 짐을 부릴 때 열 사람 몫을 혼자서 해치웠다. 일이 끝나자 그는 서둘러 아교를 사러 마이클 이디의 가게로 갔다. 그러나 이디와 점원 둘 다 '아랫마을'로 내려가서 없고, 좀처럼 가게를 지키는 법이 없는 데니스 이디가 스탁필드의 팔자 좋은 청년들과 함께 난롯가에서 빈둥거리고 있었다. 그들은 빈정대는 말투로 인사를 하고 이선을 맞이했다. 하지만 누구 하나 아교가 어디 있는지 아는 사람이 없었다. 마지막 순간을 매티와 단둘이 보내고 싶은 욕망이 간절했던 그는 데니스가 건성으로 가게의 으슥한 구석들을 뒤지는 동안 안절부절못하며 서성였다.

"아무래도 다 팔린 것 같은데. 하지만 우리 꼰대가 올 때까지 기다리면, 꼰대가 혹 찾을지도 몰라."

"고맙지만, 혹시 호먼 부인 가게 있나 내려가봐야겠어." 이선은 빨리 떠날 생각에 이렇게 대답했다.

잇속에 밝은 데니스는 자기네 가게에 없는 것이 호먼 과부댁 가게에 있을 리 없다고 장담했다. 하지만 이선은 이런 자랑에는 귀도 기울이지 않고 썰매에 올라 경쟁 관계에 있는 가게로 말을 몰았다. 여기저기 찾아보다가 딱해하면서 어디에다 쓸지를 물어보고, 만약 끝내 찾지 못하면 보통 밀가루 풀은 안 되겠냐고 물어본 뒤에야 마침내 호먼 부인은 딱 하나 남은 아교병 하나를 기침약과 코르셋 레이스가 뒤섞여 있는 곳에서 가까스로 찾아냈다.

"자신이 아끼는 물건을 깨뜨린 게 아니어야 할텐데." 그녀는 이선이 회색 말 머리를 집으로 돌리는 뒷모습을 바라보면서 말했다.

간간이 내리던 진눈깨비가 이제 비로 바뀌어 계속 내리고 있었기 때문에 말들에게는 짐을 끌지 않더라도 이만저만한 고역이 아니었다. 한두 번 썰매 방울 소리가 들려 이선은 지나와 조섬이 자기를 앞지르지는가 싶어 고개를 돌렸지만 그 늙은 말은 보이지 않았다. 그래서 그는 얼굴에 비를 맞아가며 무겁게 걸어가는 말을 재촉했다.

말들을 들여놓을 때 마구간은 텅 비어 있었다. 이선은 지금껏 해왔던 것 가운데 가장 건성으로 말들을 보살펴준 뒤 집으로 가서는 부엌문을 열었다.

매티는 그가 마음속에 그리던 대로 혼자 있었다. 난로 위에 놓인 냄비를 보느라고 몸을 굽히고 있었다. 하지만 그의 발소리를 듣고 놀라 몸을 돌려 그에게로 뛰어왔다.

"자, 이봐, 맷. 접시 붙일 풀을 사 왔어! 얼른 그걸 가지고 와." 그는 한 손으로는 그녀를 옆으로 조금 밀어내며 다른 한 손으로 아교병을 흔들어 보였다. 그래도 그녀는 그의 말을 듣고 있는 것 같지 않았다.

"오, 이선 아저씨…… 지나 아줌마가 왔어요." 그녀가 그의 소매를 붙잡으며 속삭였다.

두 사람은 죄수처럼 얼굴이 해쓱해져 서로 멍하니 쳐다보며 서 있었다.

"하지만 그 늙은 말은 아직 마구간에 없던데." 이선이 더듬거리며 말했다.

"조섬 파월이 플래츠에서 자기 아내에게 줄 물건을 사서 곧바로 집으로 말을 몰고 갔어요." 그녀가 설명했다.

그는 멍하니 부엌을 둘러보았다. 비가 내리는 겨울 황혼에 비친 부엌은 춥고 지저분해 보였다.

"지나는 어때?" 그가 그녀의 속삭임에 맞추어 나지막하게 물었다.

그녀는 안절부절못하며 그에게서 시선을 떼었다. "모르겠어요. 바로 방으로 올라갔어요."

"아무 말도 하지 않고 말이야?"

"네."

이선은 나지막하게 휘파람을 불어 의구심을 떨어버리고 아교병을 호주머니에 찔러 넣었다. "걱정할 필요 없어. 밤에 내려와서 고쳐놓을 테니까." 그가 말했다. 그는 비에 젖은 외투를 다시 입고 말들에게 먹이를 주러 마구간으로 갔다.

그가 마구간에 있는 동안 조섬 파월이 썰매를 몰고 왔다. 말들을 다 보살핀 뒤 이선은 그에게 "올라가서 무엇 좀 먹고 가지" 하고 말했다. 저녁 식탁에 조섬이 있으면 분위기가 누그러질 것이라고 생각한 것이다. 지나는 여행을 다녀온 뒤에는 늘 '신경이 예민하기' 때문이었다. 하지만 이 일꾼은 품삯에서 제하지 않으면 식사를 마다한 적이 거의 없었지만, 오늘은 뻣뻣한 턱을 벌려 "고맙지만 가봐야 할 것 같구만유" 하고 천천히 대답했다.

이선은 놀라서 그를 쳐다보았다. "좀 올라와서 옷이나 말리게나. 저녁 식사로 따뜻한 음식도 있는 것 같은데."

이렇게 호소해도 조섬의 얼굴 근육은 움직이지 않았다. 어휘가 제한되어 있는 만큼 "그냥 가봐야 할 것 같구만유" 하고 되풀이할 뿐이었다.

조섬이 이렇게 공짜 음식과 온정을 무참히 거절하는 게 불길한 징조처럼 여겨졌다. 썰매를 모는 동안 무슨 일이 있었기에 조섬이 이렇게까지 완강한 태도를 보이는 것일까 의구심이 생겼다. 어쩌면 지나가 새로 온 의사를 만나지 못했거나, 아니면 그 의사의 진단을 마음에 들어하지 않았는지 모른다. 이선은 이런 경우 아내가 맨 처음 만나는 사람에게 화풀이하기 일쑤라는 사실을 잘 알고 있었다.

그가 부엌에 다시 돌아왔을 때 램프불은 그 전날 밤과 마찬가지로 그 빛나는 위로의 장소인 부엌을 아름답게 비추고 있었다. 식탁은 정성껏 차려져 있었고, 밝은 난롯불이 이글거리고 있었으며, 고양이는 온기에 졸고 있었고, 매티는 도넛 접시를 들고 나오고 있었다.

그녀와 이선은 잠자코 서로의 얼굴을 쳐다보았다. 그러고 나서 그녀는 전날 밤에 했던 것처럼 "이제 저녁 먹을 시간이 되었어요" 하고 입을 열었다.

제7장

이선은 젖은 옷을 걸려고 복도로 나갔다. 지나의 발소리가 들리나 귀를 기울여봤지만 아무 소리도 들리지 않자 계단을 향해 그녀의 이름을 불렀다. 그녀는 대답하지 않았다. 잠시 머뭇거리던 그는 계단을 올라가 그녀의 방문을 열었다. 방은 거의 캄캄했지만 어둠 속에서도 그녀가 창문 곁에 꼿꼿이 앉아 있는 모습이 보였다. 유리창을 배경으로 한 뻣뻣한 윤곽으로 보아 그녀가 아직 나들이옷을 벗지 않았다는 것을 알 수 있었다.

"지나." 그는 문지방에서 말을 붙여보았다.

그녀는 꼼짝도 하지 않았다. 그는 이어 "저녁이 다 준비되었는데, 내려오지 않겠어?" 하고 말했다.

"한 숟가락도 뜰 수 없을 것 같아요." 그녀가 대답했다.

그것은 입에 붙은 상투적인 말에 불과했다. 그는 그녀가 말은 그렇게 했지만 평상시처럼 자리에서 일어나 저녁을 먹으러 내려올 거라고 생각했다. 하지만 그녀는 그냥 앉아 있었기 때문에 그는 "오랜 시간 동안 마차를 타고 오느라 피곤한가보군" 하고 말하는 수밖에는 달리 뾰족한 말을 생각해낼 수가 없었다.

이 말을 듣자 그녀는 머리를 돌리면서 "내 병은 당신이 생각하는 것보다 훨씬 심각하다구요" 하고 엄숙하게 대답했다.

그녀의 말이 색다른 충격을 주며 그의 귓전을 때렸다. 전에도 아내는 가끔 이런 말을 했다…… 하지만 이 말이 사실이라면 어떻게 해야 한단 말인가?

그는 어두컴컴한 방으로 몇 발자국 걸어 들어갔다. "지나, 그렇게 심각하지 않았으면 좋겠소." 그가 말했다.

지나는 어스름 빛을 받으며 권위를 잃어버린 사람처럼 그를 계속 쳐다보았다. 어떤 큰 운명과 싸우도록 뽑힌 사람과 같은 태도로 말이다. "나에겐 병발증(倂發症)이 있어요." 그녀가 말했다.

이선은 이 말이 각별한 의미를 갖고 있다는 것을 잘 알고 있었다. 인근 마을에 사는 사람들은 거의 누구나 구체적으로 이름 붙일 수 있는 '잔병'을 하나씩은 다 가지고 있었다. 하지만 오직 몇몇 사람들만이 '병발증'에 걸려 있었다. 그래서 이 병발증을 갖고 있다는 것만으로도 유명 인사가 되었다. 물론 그것은 대개의 경우 사형선고나 다름없는 것으로 여겨지곤 했다. 사람들은 몇 해씩이나 '잔병'과 싸움을 했지만 거의 언제나 '병발증'에 두 손을 들고 마는 것이다.

이선의 가슴은 극단적인 두 감정 사이에서 왔다 갔다 했다. 하지만 지금은 연민의 정이 우세했다. 어둠 속에 앉아 있는 아내가 너무 힘들고 외롭게 보였다.

"새 의사가 그런 말을 합디까?" 그는 자신도 모르게 목소리를 낮추면서 물었다.

"맞아요. 보통 의사 같았으면 수술을 해야 한다고 할 거래요."

이선은 수술이라는 중요한 문제에 대해 인근 부인들 사이에서는 의견이 두 갈래로 나뉘어 있다는 것을 잘 알고 있었다. 수술이 가져다주는 놀라운 치유 효과를 찬양하는 사람이 있는 반면, 점잖지 않다며 회피하는 사람도 있었다. 경제적 이유 때문에 이선은 지나가 후자 쪽에 서 있는 것을 늘 반갑게 생각해왔다.

그녀의 말이 심각하여 마음의 동요를 느끼면서도 그는 짧게 위로할 말을 찾았다. "어쨌든 이 의사에 대해 당신이 별로 아는 건 없지 않소? 지금까지 어느 누구도 그런 이야기를 한 사람이 없었는데 말이오."

지나가 이 말을 문제 삼기에 앞서 그는 자신이 실수를 저질렀음을 깨달았다. 그녀가 원하는 것은 위로가 아니고 동정이었던 것이다.

"내가 하루가 다르게 기운을 잃어가고 있다는 걸 누가 나에게 말해줘야 되나요. 당신 빼놓고는 모두들 다 알고 있어요. 그리고 베츠브리지에서 벅 선생을 모르는 사람은 한 명도 없어요. 그는 우스터에 병원을 차렸는데 이 주일에 한 번씩 섀즈폴스와 베츠브리지로 순회 진찰을 와요. 엘리자 스피어스는 이 의사한테 치료받기 전에는 늘 신장병으로 고생을 하더니만 지금은 일어나 돌아다니고 성가대에서 노래까지 부른대요."

"아, 그건 참 기쁜 소식이구려. 그럼 당신도 그가 시키는 대로만 하시오." 이선은 동정적으로 대답했다.

그녀는 빤히 그를 바라보았다. "그럴 생각이에요." 그녀가 대답했다. 그는 그녀의 목소리에 새로운 말투가 실려 있는 것을 보고 놀랐다. 그것은 투덜대는 것도 비난하는 것도 아닌, 결연하고 냉담한 말투였다.

"그래 의사가 당신더러 어떻게 해야 한다고 합디까?" 그는 산더미같이 쌓일 새 진료비 청구서를 생각하며 물었다.

"의사는 나더러 여자앨 하나 고용해야 한다고 했어요. 집에서는 손끝에 물 한 방울 묻혀서는 절대 안 된다고 합디다."

"여자앨 고용하라고?" 이선은 놀라서 못 박힌 듯 서 있었다.

"예, 그래요. 그래서 마사 아주머니가 벌써 한 사람 구해주셨어요. 모두들 여기까지 와서 여자애를 구하다니 여간 운이 좋지 않다고 해요. 놓치지 않으려고 덤으로 일 달러를 더 주기로 약속했어요. 그 앤 내일 오후에 이리 올 거예요."

분노와 당혹감이 이선의 마음속에서 서로 다투고 있었다. 그는 당장 돈이 들 것이라고는 예상했지만 이렇게 얼마 안 되는 수입에 항구적으로 돈이 들어갈 거라고는 미처 생각하지 못했다. 그는 자신의 병 상태가 심각할지 모른다는 지나의 말을 이제 더 이상 믿지 않았다. 그는 그녀가 베츠브리지에 간 것이 오직 피어스 집안 친척들과 짜고 그에게 하인을 고용하는 부담을 슬쩍 뒤집어씌우자는 계책을 세우려는 속셈이었다는 것을 깨달았다. 그래서 한동안 분노가 그의 마음을 지배했다.

"당신이 여자애를 데려올 생각이었다면 집을 떠나기 전에 나한테 미리 말했어야 할 것 아니오?" 그가 물었다.

"떠나기 전에 어떻게 말할 수 있었겠어요? 벅 선생이 뭐라고 말할지 내가 어떻게 알았겠어요?"

"오, 벅 선생……" 이선은 도저히 믿어지지 않는다는 듯이 짧게 웃으며 말했다. "그래 벅 선생이 어떻게 내가 여자애 품삯을 줘야 할지도 일러줍디까?"

그녀의 목소리가 이선의 목소리와 함께 화가 난 듯 높아졌다.

"아니, 의사가 그런 말은 하지 않았어요. 당신 어머니 병시중 드느라고 내 건강을 잃었는데, 당신이 내 건강을 되찾는 데 드는 돈을 아까워한다는 말이 부끄러워서 차마 입을 떼지 못하겠습디다!"

"어머님 병시중 드느라고 당신이 건강을 잃었다고?"

"그래요. 그리고 우리 친척들이 하는 말이, 그때 당신이 나하고 결혼하는 도리밖에는 뾰족한 수가 없었다고……"

"지나!"

상대방의 얼굴을 볼 수 없는 어둠 속에서 두 사람의 생각이 마치 독을 내뿜는 독사처럼 상대방을 향해 돌진하는 것 같았다. 이선은 이 장면의 공포감과 자기가 이에 가담하고 있다는 부끄러움에 사로잡혔다. 그것은 어둠 속에서 두 원수가 달라붙어 몸싸움을 벌이는 것처럼 무의미하고 야만적인 일이었다.

그는 벽난로 위쪽에 있는 선반으로 돌아서서 성냥을 더듬어 찾아 방 안에 촛불을 하나 켜놓았다. 처음에는 그 약한 불꽃이 어둠 속에서 별로 효력을 나타내지 못했다. 하지만 잠시 후 지나의 얼굴이 커튼을 치지 않은 유리창을 배경으로 경직된 모습을 드러냈다. 창밖은 어느덧 잿빛에서 검은색으로 변해 있었다.

이것은 지난 칠 년을 불행하게 함께 살아오는 동안 두 사람이 처음으로 드러내놓고 화를 터뜨렸던 장면이었다. 그래서 이선은 마치 상대방을 비난하는 정도에 이르는 바람에 다시는 돌이킬 수 없을 만큼 유리한 입장을 상실한 것 같은 느낌을 받았다. 하지만 현실적인 문제가 걸려 있었고, 그는 이 문제를 처리하지 않을 수 없었다.

"여보, 당신은 내가 그 여자애의 품삯을 지불할 돈이 없다는 걸 잘 알지 않소. 그 애를 돌려보내야 할 거요. 난 감당하지 못하겠소."

"의사 말이 지금까지 하던 대로 하인처럼 일을 계속한다면 죽고 말 거래요. 내가 지금까지 이렇게 지탱해온 것이 용하다고 하던데요."

이선은 "하인처럼 일한다고……!" 하고 말하려다가 잠시 말을 멈추었다가 뒤, 다시 "의사가 손가락 하나 까딱하지 말라면 당신은 그렇게 할 사람이로군. 집안일을 내가 직접 다 하지……" 하고 말했다.

그러자 지나는 말을 가로채 "그렇지 않아도 당신은 농장 일을 꽤나 소홀히 하고 있는데" 하고 말했다. 틀린 말은 아니어서 그는 무어라고 대답할 바를 모르고 있었다. 그러자 지나가 빈정대며 덧붙였다. "나를 양로원으로 보내고 이 일을 끝내는 것이 좋겠어요…… 예전에도 당신 가족 중엔 그곳에서 지낸 사람이 있을 텐데요."

이 책망이 마음을 불로 달구는 듯했지만 이선은 그냥 지나쳐 버렸다. "난 그럴 돈이 없소. 그러니 문제는 해결된 거 아니겠소?"

마치 두 전사(戰士)가 무기를 점검하기라도 하듯 싸움은 잠시 소강상태를 맞았다. 잠시 후 지나가 "당신이 앤드루 헤일한테서 목재 값으로 오십 달러를 받을 거라고 생각했는데요" 하고 감정이 실리지 않은 차분한 말투로 말했다.

"앤드루 헤일은 삼 개월 이내에는 절대 대금을 지불하지 않소." 이 말이 채 떨어지기도 전에 그는 자기가 전날 아내를 정거장에 데려다줄 수 없다며 댔던 구실이 생각났다. 찡그린 이마가 갑자기 붉어졌다.

"아니, 그 사람하고 현금 거래를 하게 되었다고 어제 나에게 말했잖아요. 그 때문에 나를 플래츠까지 데려다줄 수 없다면서요."

이선은 거짓말을 하는 데는 별로 수완이 없었다. 지금껏 한 번도 거짓말을 해본 적이 없었다. 그래서 아무리 궁리를 해봐도 어떻게 피할 도리가 없었다. "오해였던 것 같구만" 하고 그는 말을 더듬었다.

"그럼 돈을 받지 못했단 말인가요?"

"그렇소."

"그러면 앞으로도 받지 못하는 건가요?"

"그렇소."

"내가 그 여자애를 구할 때 그런 사정을 어떻게 알았겠어요, 안 그래요?"

"그렇소." 그는 목소리를 가다듬느라 잠시 말을 멈췄다. "하지만 지금은 그 사정을 알고 있잖소. 미안하지만 어쩔 수가 없소. 지나, 당신은 가난한 농사꾼의 아내요. 하지만 당신을 위해 할 수 있는 데까지 최선을 다하리다."

지나는 마치 뭔가 골똘히 생각하는 듯 팔을 의자 팔걸이에 올려놓은 채 허공을 응시하면서 얼마 동안 꼼짝하지 않고 가만히 앉아 있었다. "오! 어떻게 되겠지요." 지나가 부드럽게 말했다.

지나의 말투가 달라지자 이선은 마음이 놓였다. "물론 어떻게 되겠지! 내가 당신을 위해 할 수 있는 일은 많으니까. 그리고 또 매티가……"

남편이 말하는 동안 지나는 마음속으로 뭔가 골똘하게 생각하는 것처럼 보였다. 그러고 나서는 "어쨌든, 매티의 밥값이 그만큼 덜어지게 될 테니까요……" 하고 말했다.

이선은 이야기가 모두 마무리되었다고 생각하고 저녁을 먹으러 내려가려고 막 돌아선 참이었다. 지금 들은 말뜻을 잘 알아차리지 못해 갑자기 발걸음을 멈췄다. "매티의 밥값이 그만큼 덜

어지게 된다니……?" 그가 물었다.

지나가 웃었다. 전에 들어보지 못한 이상야릇한 웃음소리였다. 이선은 전에 아내가 웃는 소리를 한 번도 들어본 적이 없음을 기억했다. "설마 여자애를 둘씩이나 둘 거라고 생각한 건 아니죠? 비용 부담 때문에 당신이 겁을 집어먹은 것도 무리는 아니군요!"

그는 아직도 아내의 말뜻을 제대로 알아차리지 못하고 있었다. 이 문제를 상의할 때부터 그는 본능적으로 그녀의 이름을 입 밖에 내는 것을 피했다. 무어라 딱 꼬집어 말할 수는 없어도 그녀에 대한 트집이나 불평이나 아니면 곧 다가올 그녀의 결혼 가능성에 대해 막연하게나마 언급하는 것이 두려웠다. 하지만 헤어지게 될 거라는 생각은 한 번도 해본 적이 없었고, 지금도 이런 생각에는 변함이 없었던 것이다.

"난 당신이 무슨 말을 하고 있는지 모르겠소." 그가 말했다. "매티 실버는 고용한 하녀가 아니잖소. 당신 친척 아니오."

"그 앤 제 아버지가 별별 짓을 다 해서 우리를 망쳐놓은 뒤 우리에게 신세지며 살아온 거예요. 지난 일 년 동안 내가 거둬 길렀으니, 이젠 다른 누군가가 돌볼 차례지요."

그녀가 이렇게 쏘아붙이는데 이선의 귀에 문 두드리는 소리가 들렸다. 방에 들어오면서 문을 닫아놓았던 것이다.

"이선 아저씨…… 지나 아줌마!" 매티의 명랑한 목소리가 계단참에서 들려왔다. "지금 몇 시인 줄 아세요? 저녁 식사를 차려 놓은 지 벌써 반 시간이나 지났어요."

방 안은 잠시 조용해졌다. 잠시 후 지나가 의자에 앉은 채 "난 저녁 먹으러 내려가지 않겠다" 하고 소리쳤다.

"오, 죄송해요! 몸이 불편하세요? 잡수실 것 좀 가져올까요?"

이선은 간신히 몸을 일으켜 방문을 열었다. "맷, 내려가거라. 지나 아줌마는 좀 피곤해서 그래. 내가 내려가지."

그녀가 "네!" 하고 대답하고 빠른 걸음으로 계단을 내려가는 소리가 들렸다. 그는 방 안으로 다시 들어선 다음 문을 닫았다. 아내의 태도는 조금도 달라지지 않았고 얼굴도 도무지 풀리지 않았다. 그는 어찌할 수 없다는 절망감에 사로잡혔다.

"지나, 그렇게 하지는 않을 거지?"

"무얼 말이에요?" 그녀가 뿌루퉁한 입술 사이로 쏘아붙였다.

"매티를…… 이런 식으로 보내는 일 말이야."

"난 그 애를 평생 동안 맡겠다고 약속한 적 없어요!"

그는 점점 화가 치밀어 목소리가 격해졌다. "그 애를 도둑 내쫓듯 우리 집에서 내보낼 수는 없어…… 친구도 없고 돈도 한 푼 없는 불쌍한 애를 말이야. 그 앤 당신을 위해 할 만큼 했고, 또 갈 곳도 없지 않소! 당신은 그 애가 당신 친척이라는 걸 잊었나보지만 다른 사람들은 누구나 다 기억할 거요. 만약 일을 그렇게 처리한다면, 사람들이 당신에 대해 뭐라 할 것 같소?"

지나는 마치 남편에게 그의 흥분 상태와 자신의 평정 상태가 어떻게 대비되는지 충분히 느끼게 할 시간을 주려는 듯이 잠시 기다렸다. 그러고 나서 조금 전과 마찬가지로 부드러운 목소리로 "난 내가 할 수 있을 만큼 오래 그 애를 여기 붙잡아두는 것에 대해 사람들이 뭐라고 수군거릴지 너무 잘 알고 있지요" 하고 대답했다.

이선은 매티가 나간 뒤 문을 닫고 계속 꽉 쥐고 있던 문잡이에서 손을 놓았다. 아내의 대답이 마치 힘줄을 끊어버린 단도 날과 같았다. 갑자기 힘이 쭉 빠지고 온몸이 축 처졌다. 비굴하게 느껴졌지만 그는 그녀를 머물게 한다고 해서 그렇게 많은 비용이 들지는 않을 것이고, 난로를 사고 새로 고용한 여자애에게 다락에 방 하나 꾸며주면 된다고 말할 참이었다. 하지만 지나의 말로 보아 그렇게 사정을 해본들 전혀 통할 것 같지 않았다.

"당신은 그 애더러 집을 떠나라고 말할 작정이군, 그것도 지금 당장 말이야." 그는 아내가 말을 끝맺는 것이 두려워서 더듬거리며 말했다.

남편의 이성을 되찾아주려는 듯 그녀는 "그 여자애가 내일 베츠브리지에서 올 거예요. 그러니 그 애가 어딘가에 잘 곳을 마련해줘야지요" 하고 냉정하게 말했다.

이선은 증오로 눈빛을 이글거리며 아내를 바라보았다. 이제 그녀는 의기소침해서 제 일에만 몰두하며 남편 곁에서 살아온 힘없는 인간이 아니라 알 수 없는 이질적인 존재, 여러 해 동안 말없는 사색이 만들어낸 악의 에너지였다. 그의 반감을 더욱 돋운 것은 바로 자신의 절망감이었다. 여태껏 그녀에게는 사람의 마음을 끌 만한 것이 아무것도 없었다. 하지만 그가 아내를 무시하고 명령할 수 있는 한 적어도 무관심 상태는 유지할 수 있었다. 그러나 지금은 그녀가 남편을 지배했고, 그래서 그는 그녀가 미웠다. 매티는 그녀의 친척이지 그의 친척은 아닌 것이다. 아내에게 그녀를 한집에 두도록 강요할 방법이 그에게는 아무것도 없었다. 그의 좌절된 과거에서 오는 기나긴 비참, 그리고 젊은 시절의 실패와 고통과 헛된 노력이 하나같이 그의 영혼 속에서 고통스럽게 고개를 쳐들었으며, 가는 길마다 그의 앞길을 가로막던 여인의 모습으로 그의 앞에 나타나는 것 같았다. 그녀는 모든 것을 그에게서 빼앗아버렸다. 그런데 이제는 다른 모든 손실을 보상해주는 그 하나마저 빼앗으려 드는 것이 아닌가. 한순간 증오의 불길이 그의 마음속에 일어나 그의 팔을 타고 흘러내려 그녀를 향해 주먹을 불끈 쥐게 만들었다. 그는 난폭하게 앞으로 발을 내딛다가 걸음을 멈췄다.

"당신은…… 당신은 내려오지 않겠다고?" 그가 당황한 목소리로 말했다.

"그래요. 난 좀 침대에 누워야겠어요." 그녀가 온순하게 대답했다. 그는 돌아서서 방을 나왔다.

매티는 부엌 난롯가에 앉아 있었고, 고양이가 그녀 무릎 위에 몸을 웅크리고 있었다. 이선이 들어오자 그녀는 자리에서 벌떡 일어나더니 고기 파이 접시를 뚜껑이 덮인 채 식탁에 갖다놓았다.

"지나 아줌마는 아프지 않은 거죠?" 그녀가 물었다.

"그래."

그녀는 식탁 건너편에서 그에게 환하게 웃어 보였다. "그럼 어서 자리에 앉으세요. 몹시 시장하시겠어요." 그녀는 파이 접시 뚜껑을 열고 접시를 그의 앞으로 밀었다. 그녀의 행복해 보이는 눈이 마치 또다시 하룻밤을 함께 보내게 되었구나, 하고 말하는 듯했다.

그는 기계적으로 음식을 앞에 갖다놓고 먹기 시작했다. 바로 그때 역겨움이 그의 목을 움켜잡았고, 그는 곧 포크를 내려놓았다.

매티가 부드러운 시선으로 그를 바라보았고, 그녀는 그의 태도가 심상치 않음을 알았다.

"저, 이선 아저씨, 왜 그러세요? 맛이 없나요?"

"아냐, 맛은 그만이야. 다만 난……" 그는 쟁반을 밀쳐놓고 의자에서 일어나서 식탁을 돌아 그녀의 곁으로 걸어갔다. 그녀가 놀라 벌떡 일어났다.

"이선 아저씨, 무슨 일이 있는 거죠! 전 알고 있단 말이에요!"

겁에 질려 그에게 몸을 기대고 있는 그녀는 마치 몸이 녹는 듯했다. 그는 두 팔로 그녀를 붙잡고 꼭 껴안았다. 그녀의 속눈썹이 그물에 걸린 나비처럼 자신의 뺨에 부딪히는 것이 느껴졌다.

"무슨 일이죠…… 무슨 일이 생긴 거죠?" 그녀는 더듬거리며 물었다. 그는 마침내 그녀의 입술을 찾아냈다. 그리고 나머지는 모두 잊은 채 오직 그녀의 입술이 주는 즐거움에만 취해 있었다.

그녀도 똑같이 격한 감정의 흐름에 사로잡혀 잠시 머뭇거렸다. 그러다가 그에게서 빠져나와 해쓱해지고 불안에 떨며 몇 걸음 뒤로 물러났다. 그녀의 모습을 보자 그는 양심의 가책을 느꼈다. 그래서 마치 꿈에 그녀가 물에 빠지는 모습을 보기라도 한 듯 "맷, 넌 갈 수 없어! 난 너를 절대 가게 할 수 없어!" 하고 소리쳤다.

"가…… 가다니요?" 그녀가 말을 더듬거렸다. "제가 가야 하나요?"

이 말이 마치 경고의 횃불이 캄캄한 배경을 통해 이 손에서 저 손으로 날아가는 듯 두 사람 사이에서 계속 울리고 있었다.

이선은 자제심을 잃고 이런 소식을 그녀에게 잔인하게 던진 것이 부끄러워 어쩔 줄 몰라했다. 머리가 빙빙 돌아 식탁에 몸을 기대야 했다. 지금까지 줄곧 그녀와 키스하고 있었으면서도 그녀의 입술이 그리워 목말라 죽을 것 같았다.

"이선 아저씨, 무슨 일이 있었나요? 지나 아줌마가 저에게 화가 난 거예요?"

그녀의 부르짖음을 듣고서야 그는 몸을 가누었다. 비록 그 부르짖음이 그의 분노와 연민을 더욱 깊게 자아내게 만들었지만 말이다. "아니, 아니야." 그는 그녀를 안심시켰다. "그런 게 아니라니까. 하지만 새 의사가 그녀의 병에 대해서 겁을 주었어. 너도 잘 알잖아, 아줌마는 의사를 처음 만나자마자 그들이 하는 말이라면 무엇이든 다 믿는 거 말이야. 그런데 이번 의사가 아줌마에게 손가락 하나라도 까딱했다가는 몸이 낫지 않는다고 몇 달이라도 자리에 누워 있으라고 했다는구나."

그는 비참한 표정으로 그녀에게서 얼굴을 돌리고 입을 다물었다. 그녀는 마치 부러진 나뭇가지처럼 그의 앞에 몸을 구부린 채 잠깐 동안 잠자코 서 있었다. 너무나 조그맣고 연약해 보이는 바람에 그의 가슴은 비틀리는 것 같았다. 갑자기 그녀가 고개를 쳐들고 그를 똑바로 바라보았다. "그래서 지나 아줌마가 나 대신에 좀더 일을 잘하는 누군가를 얻으려는 거구요? 그렇죠?"

"그녀가 오늘 저녁에 바로 그렇게 말했단다."

"만약 아줌마가 오늘 저녁에 그렇게 말했다면, 내일도 그렇게 말하겠죠."

두 사람 모두 가차 없는 이 냉엄한 사실 앞에 고개를 들지 못했다. 그들은 지나가 절대로 마음을 바꾸지 않으며, 그녀가 한번 마음먹으면 행동으로 옮긴 것이나 다름없다는 사실을 잘 알고 있었다.

두 사람 사이에 긴 침묵이 흘렀다. 한참 뒤 매티가 나지막한 목소리로 "이선 아저씨, 너무 섭섭해하지 마세요" 하고 말했다.

"오, 하나님…… 오, 하나님." 그가 신음을 내뱉었다. 그녀에게 느꼈던 뜨거운 열정이 고통스런 연민으로 녹았다. 그녀가 눈꺼풀을 재빨리 깜박여 눈물이 흐르는 모습을 보이지 않으려고 했다. 그녀를 품에 안아 위로해주고 싶었다.

"아저씨, 저녁밥이 식고 있어요." 그녀는 얼굴이 해쓱하면서도 밝게 미소를 지으며 그에게 말했다.

"오, 맷…… 맷…… 어디로 갈 생각이니?"

그녀가 눈을 내리깔았고, 작은 경련이 그녀의 얼굴을 스쳤다. 그는 그녀에게 처음으로 미래에 대한 생각이 똑똑히 다가오는 것을 보았다. "스탬퍼드에 가면 일자리를 구할 수 있겠지요."*

그녀는 머뭇거렸다. 희망이 없음을 그도 잘 알고 있다는 사실을 알고 있는 것처럼.

이선은 자리로 돌아가 털썩 주저앉고는 두 손으로 얼굴을 파묻었다. 그녀가 혼자 힘들게 일자리를 찾아 돌아다닐 것을 생각하자 절망감이 그를 짓눌렀다. 그녀를 알고 있는 유일한 곳에서 그녀는 무관심과 증오를 받고 있는 것이다. 경험이 없는 데다 제대로 훈련도 받지 못한 그녀가 도시의 수많은 구직자 가운데에서 무슨 기회를 얻을 수 있단 말인가? 우스터에서 들은 비참한 이야기들이 그의 머리에 떠올랐다. 처음에는 매티처럼 행복하게 삶을 시작한 그 처녀들의 얼굴들이…… 이런 일을 생각할 때마다 온몸이 떨렸다. 그는 갑자기 자리에서 벌떡 일어났다.

"맷, 못 가! 맷! 가지 못하게 하겠어! 지나는 언제나 제 하고 싶은 대로 해왔어. 하지만 이제는 나 하고 싶은 대로 할 테야……"

매티가 재빨리 손을 들어 올렸다. 그의 뒤에서 아내의 발소리가 들렸다.

지나가 발뒤꿈치를 질질 끌면서 부엌으로 들어오더니 두 사람 사이에 놓인, 늘 앉던 자리에 조용히 앉았다.

---

* 1880년대 매티 실버 같은 여성이 도시 공장에서 일하고 일 년에 받는 임금은 이백칠십 달러 정도였다.

"좀 나아진 것 같아요. 그리고 벅 선생님 말이 건강을 회복하려면 식욕이 없더라도 먹을 수 있는 한 많이 먹어야 한대요." 그녀가 매티를 가로질러 찻주전자로 손을 뻗치며 넋두리하듯 말했다. 그녀는 입었던 '나들이옷'을 벗어버리고 매일같이 입는 검은 사라사 옷과 갈색 니트 숄 차림을 하고 있었다. 이런 옷차림과 함께 보통 때의 얼굴과 태도를 보이고 있었다. 그녀는 차를 잔에 따른 뒤 거기에 우유를 듬뿍 붓고 파이와 오이지를 가득 떠왔다. 그런 다음 음식을 먹기 전에 늘 그랬듯 틀니를 바로잡았다. 고양이가 아첨이라도 하듯 그녀에게 기대어 몸을 비벼댔다. "귀여운 나비 같으니라고" 하고 말하면서 그녀는 몸을 구부려 고양이를 어루만지고는 자기 접시에서 고기 한 점을 집어 주었다.

이선은 말없이 앉아 있을 뿐 먹는 척도 하지 않았지만, 매티는 씩씩하게 음식을 씹으면서 지나에게 베츠브리지에 갔다 온 일에 대해 한두 가지를 물었다. 지나는 일상적인 말투로 대답했고, 화제가 무르익자 친구들과 친척들이 앓고 있는 위장병에 대한 몇 가지 이야기를 생생하게 들려주었다. 지나는 이야기를 하면서 매티를 똑바로 쳐다보았다. 잔잔하게 미소를 짓자 그녀의 코와 턱 사이에 길게 주름이 깊게 파였다.

저녁 식사가 끝나자 지나는 자리에서 일어나 심장 부근을 손으로 눌렀다. "맷, 네가 만든 파이를 먹으면 늘 조금 부담이 되는구나." 지나가 심술궂다고 할 수 없는 목소리로 말했다. 그녀는 좀처럼 매티의 이름을 줄여서 부르는 일이 없었다. 그래서 그렇게 부르는 것은 언제나 다정해졌다는 표시였다.

"작년 스프링필드에 갔을 때 가져온 위장약을 찾아야 할까보다." 그녀는 말을 이었다. "꽤 오랫동안 그 약을 먹지 않았거든. 어쩌면 가슴이 답답한 데 들을지 몰라."

매티는 고개를 쳐들었다. "지나 아줌마, 제가 갖다드릴까요?" 그녀가 대담하게 말했다.

"괜찮아. 그 약은 네가 모르는 데 있거든." 지나는 이상야릇한 표정을 지으며 애매하게 대답했다.

지나는 부엌에서 나갔고, 매티는 자리에서 일어나 식탁에서 접시들을 치우기 시작했다. 그녀가 이선의 의자를 지나칠 때 두 사람의 눈이 마주쳤고, 두 사람의 쓸쓸한 눈빛은 서로에게서 떨어질 줄을 몰랐다. 따뜻하고 고요한 부엌은 전날 밤과 마찬가지로 평화로워 보였다. 고양이는 지나의 흔들의자에 껑충 뛰어 올라갔고, 난롯불은 제라늄의 은근하면서도 날카로운 향기를 퍼뜨리기 시작했다. 이선은 피곤한 듯 자리에서 천천히 몸을 일으켰다.

"나가서 한 바퀴 돌아봐야겠다." 그는 초롱불을 가지러 복도를 향해 나가면서 말했다.

문에 이르렀을 때 그는 다시 부엌으로 돌아오는 지나를 만났다. 그녀는 화가 나서 입술을 씰룩거리고, 흥분한 나머지 누르스름한 얼굴이 빨개져서 부엌으로 돌아오는 중이었다. 숄은 어깨에서 미끄러져 내려와 초라한 발꿈치에 질질 끌리고, 두 손에는 깨진 붉은 유리 오이지 접시 조각을 들고 있었다.

"도대체 누가 이 일을 저질렀는지 알고 싶군요." 지나는 험상궂은 얼굴로 시선을 이선에게서 매티에게 옮기며 말했다.

아무도 대답을 하지 않았다. 그러자 지나는 떨리는 목소리로 "사기 찬장 꼭대기 칸에 있는 아버지의 낡은 안경집 안에 넣어 둔 가루약을 찾으러 갔었어요. 소중한 물건을 간수하는 곳 말이에요. 집안식구들의 손이 닿지 않도록……" 목이 메어 그녀는 더 이상 말을 잇지 못했다. 작은 눈물방울이 속눈썹 없는 눈꺼풀에 매달렸다가 두 뺨을 타고 천천히 흘러내렸다. "꼭대기 선반으로 올라가려면 사닥다리가 있어야 하는데. 우리가 결혼할 때 필룰러 메이플 아줌마가 주신 오이지 접시를 거기에 일부러 올려놓았어요. 그리고 봄철에 청소할 때를 빼놓고는 한 번도 내려놓은 적이 없어요. 청소할 때도 행여 깨지지나 않을까 늘 내 손으로 직접 들어 올리곤 했는데." 그녀는 깨진 조각을 조심스럽게 식탁 위에 올려놓았다. "누가 이 짓을 했는지 알고 싶어요." 그녀가 떨리는 목소리로 말했다.

그 소리를 듣고 이선은 부엌으로 되돌아와서 그녀의 얼굴을 쳐다보았다. “내가 대답하리다. 고양이가 그랬소.”

“고양이가요?”

“그렇소.”

그녀는 그를 뚫어지게 쳐다보다가 시선을 매티에게 돌렸다. 매티는 접시를 식탁으로 옮기던 중이었다.

“어떻게 고양이가 내 그릇 찬장에 올라갈 수 있단 말이에요?” 그녀가 말했다.

“쥐를 쫓느라고 그랬나보오.” 이선이 대답했다. “엊저녁 내내 쥐 한 마리가 부엌을 들락거렸소.”

지나는 계속하여 두 사람을 번갈아 쳐다보았다. 그러고 나서 나지막한 소리로 이상야릇하게 웃었다. “우리 고양이가 영리한 줄은 알지만,” 하고 목소리를 높였다. “깨진 오이지 접시 조각을 주워 선반에 도로 올려놓고 가장자리를 서로 맞춰놓을 만큼 영리한 줄은 몰랐네요.”

매티는 갑자기 김이 나는 물에서 팔을 빼냈다. “지나 아줌마, 그건 이선 아저씨의 잘못이 아니었어요! 고양이가 접시를 깨뜨린 거예요. 하지만 찬장에서 그것을 내린 것은 저예요. 그러니 책임은 저한테 있어요.”

지나는 자신의 깨진 보물 옆에 서서 돌로 깎은 분노의 화신처럼 굳은 표정을 하고 있었다. "네가 내 오이지 접시를 내렸다고…… 도대체 뭘 하려고?"

매티의 두 뺨에 밝은 홍조가 떠올랐다. "저녁 밥상을 예쁘게 차리고 싶었어요" 하고 그녀가 대답했다.

"저녁 밥상을 예쁘게 차리고 싶었다고? 그래, 내가 돌아서는 것을 기다렸다가 말이지. 내가 가지고 있는 물건 중에서도 제일 소중하게 아끼는 것을 가지고. 목사님이 저녁 잡수러 오실 때도, 마사 피어스 아주머니가 베츠브리지에서 먼 길을 오실 때도 쓰지 않던 것을……" 지나는 숨이 가빠 잠시 말을 멈췄다. 마치 스스로 신성모독을 입에 올려 겁에 질린 듯. "매티 실버, 넌 나쁜 계집애야. 난 늘 그걸 알고 있었지. 네 아버지가 예전에 보였던 버릇이다. 너를 이 집에 데려올 때 경고도 받았고, 그래서 물건들을 네 손이 닿지 않는 곳에 두려고 했어…… 그런데 지금 넌 내가 제일 소중히 아끼는 물건을 빼앗아갔어……" 그녀는 짧게 경련을 일으키며 우는 바람에 제대로 말을 잇지 못했다. 그래서 그녀의 모습이 전보다도 더 돌로 깎아놓은 형체처럼 보였다.

"친척들 말대로 했으면 넌 벌써 이 집에서 쫓겨났었을 거야. 그랬다면 이런 일도 일어나지 않았을 텐데." 그녀가 말했다. 그러고는 깨진 유리 조각을 모아 가지고 마치 시체를 운반하듯 부엌에서 나가버렸다.

제8장

이선이 아버지의 병환 때문에 농장으로 돌아왔을 때 그의 어머니는 그에게 사용하지 않던 '거실' 뒤쪽의 조그만 방을 내주었다. 그는 거기에 책꽂이 선반을 못질해 달았고, 널빤지와 매트리스로 소파를 만들었으며, 식탁 위에는 서류들을 펼쳐놓았고, 거칠게 바른 회벽 위에는 에이브러햄 링컨 대통령*의 판화와 「시인의 생각」**을 적어놓은 달력 한 장을 걸어놓았다. 그는 이런 보잘것없는 물건들로 우스터에 있을 때 자신에게 친절히 대

* 미국 16대 대통령 링컨은 자수성가한 인물로 젊은이들에게 가장 존경받는 인물 중 한 사람이다.

** 1848년 헨리 시어도어 터커먼(1813~1871)이 편찬한 『영국 시인 선집』에서 따온 구절. 이 무렵 이 선집에서 따온 구절을 달력에 적어놓았다.

해주고 책을 빌려주던 한 '목사'의 서재와 비슷하게 꾸며보려고 했다. 그는 지금도 여름이면 이 방을 은신처로 삼고 있었다. 하지만 매티가 그의 농장으로 와서 살게 되자, 그는 그녀에게 난로를 내주어야 했고, 따라서 이 방은 일 년 중 여러 달 동안 비어 있었다.

집 안이 조용해지고 지나의 고른 숨소리가 들려와 이제 부엌에서 일어났던 장면이 다시 되풀이되지 않을 것임을 알게 되자, 그는 곧바로 이 은신처로 내려갔다. 지나가 자리를 뜬 뒤 매티와 그는 말없이 서 있었을 뿐 서로에게 가까이 다가가려고 하지 않았다. 잠시 후 그녀는 부엌 설거지를 마저 하기 시작했고, 이선은 초롱불을 가지고 날마다 그러하듯 집 밖을 한 바퀴 돌아보았다. 그가 다시 돌아왔을 때 부엌은 텅 비어 있었다. 하지만 그의 담배 지갑과 파이프가 식탁 위에 놓여 있었고, 그 밑에는 씨앗 카탈로그 뒷장에서 찢어낸 종이 한 장이 있었다. 종잇조각에는 "이선 아저씨, 걱정하지 마세요"라는 구절이 적혀 있었다.

춥고 어두운 '서재'로 들어가 이선은 테이블 위에 초롱불을 올려놓고 몸을 구부린 채 불빛에 비춰가며 그 편지를 몇 번이고 읽고 또 읽었다. 그녀가 그에게 편지를 쓴 것은 이번이 처음이었다. 그래서 이 편지를 소유하고 있다는 사실이 그녀와 가까워졌다는 이상야릇한 새로운 감정을 불러일으켰다. 하지만 이제부터는 두 사람이 서로 연락할 방법이 이것밖에 없을 거라는 사실을 깨닫게 해줌으로써 그의 절망감을 한층 더 깊게 했다. 그녀의 살아 숨쉬는 그 미소 대신, 그 따뜻한 목소리 대신 오직 이 차가운 종이와 죽은 말뿐이라니!

혼돈과 울분으로 뒤범벅된 감정이 마음속에서 폭풍처럼 휘몰아쳤다. 그는 절망에 쉽게 굴복하기에는 너무나 젊고 너무나 건강했고 너무나 생명의 수액으로 가득 차 있었다. 불평만 늘어놓는 무정한 여자 곁에서 자신의 모든 세월을 낭비해야 하는가? 그에겐 여러 가지 다른 가능성들이 있었지만 지나의 옹졸함과 무지 때문에 하나씩 희생시켜왔던 것이다. 그런데 그 결과가 과연 무엇이란 말인가? 그녀는 결혼했을 때보다 백 배는 더 무정하고 더 불만스러워하고 있었다. 그녀의 유일한 기쁨이라면 남편을 고통스럽게 하는 것 뿐이었다. 그렇게 헛되게 보낸 삶에 대항하여 자신을 방어하려는 모든 건전한 본능이 그의 마음속에 고개를 쳐들었다……

그는 낡은 너구리 가죽 외투로 몸을 감싸고 상자로 만든 소파에 누워 생각에 잠겼다. 뺨 아래에 이상한 돌기가 난 딱딱한 물건이 닿았다. 그것은 약혼했을 때 지나가 만들어준 쿠션이었다. 그는 그때 아내가 바느질하는 모습을 처음이자 마지막으로 보았다. 그는 그것을 마룻바닥에 홱 내동댕이치고는 벽에 머리를 기댔다……

그는 산너머 한 남자—자기 나이 또래의 젊은 사람—의 경우를 잘 알고 있었다. 그는 좋아하던 젊은 여자와 함께 서부 지방*으로 달아나 바로 그런 불행한 삶을 모면했던 것이다. 그 사람의 아내는 그 사람하고 이혼했고, 그 사람은 좋아하던 처녀하고 결혼하는 데 성공했다. 이선은 지난여름 그 부부를 섀즈폴스에서 만났다. 그들은 그곳에 친척을 방문하러 온 것이었다. 그들은 곱슬곱슬한 금발 머리를 한 귀여운 딸을 데리고 있었는데, 그 딸은 금목걸이에 공주처럼 예쁜 옷을 차려입고 있었다. 버림받은 여자도 나쁘게 된 것은 아니었다. 남편이 그녀에게 농장을 주었고, 그녀는 그 농장을 좋은 가격에 팔아 그 돈과 위자료로 베츠브리지에 간이식당을 차려 꽤 성공하고 중요한 위치에까지 오르게 되었다. 이선은 이런 생각에 흥분을 누를 수 없었다. 자기라고 매티를 혼자 떠나게 내버려두는 대신 그다음 날 그녀하고 함께 집을 떠나지 못할 일이 어디 있단 말인가? 여행 가방을 썰매 자리 밑에 감춰두면, 지나는 아무것도 의심하지 않고 있다가 위층으로 낮잠을 자러 올라갈 때에야 비로소 침대에 놓인 편지를 보게 될 것이다……

* '명백한 운명'의 깃발 아래 19세기 중엽부터 서부 개척이 한창 진행되었다. 대부분의 미국인들에게 서부는 기회와 성공을 상징했다.

그런 충동이 계속 머리를 쳐들고 있었다. 그래서 그는 벌떡 자리에서 일어나 초롱불을 다시 켜놓고 테이블 옆에 앉았다. 책상 서랍을 뒤져 종이 한 장을 찾아내고 편지를 쓰기 시작했다.

"지나, 나는 당신을 위해 할 수 있는 일은 다 했소. 하지만 그것이 모두 소용없다는 것을 잘 알고 있소. 나는 당신을 탓하지도, 나 자신을 탓하지도 않소. 서로 헤어지는 게 우리 둘 모두에게 더 좋을 것 같소. 나는 서부 지방에 가서 운명을 개척해보려 하오. 그러니 당신은 농장과 목재소를 팔아 그 돈으로……"

이선은 '돈'이라는 단어에서 잠시 펜을 멈췄다. 이 말이 그에게 자신이 놓여 있는 절박한 운명을 뼈저리게 느끼게 했다. 지나에게 농장과 목재소를 물려준다면, 자신은 무엇을 가지고 새 삶을 시작한단 말인가? 일단 서부 지방에 가기만 하면, 틀림없이 직업은 구할 것이다. 혼자서 운명을 개척하는 데는 두려울 것이 없었다. 하지만 매티를 먹여 살리는 문제가 있으면 사정은 달라질 것이다. 그리고 지나의 운명은 어찌될 것인가? 농장과 목재소는 받을 수 있는 데까지 최대한으로 저당 잡혀 있었다. 설령 살 사람이 나타난다손 치더라도—그럴 것 같진 않지만—천 달러도 손에 넣지 못할 것이다. 매매가 이루어지는 동안에는 그녀가 어떻게 농장을 꾸려나갈 수 있을까? 이때까지 가까스로 생계를 유지할 수 있었던 것도 자신이 쉬지 않고 일하고 농장을 직접

관리했기 때문에 가능했다. 아내가 생각보다는 건강하다 해도 이렇게 무거운 짐을 혼자 지고 가지는 못할 것이다.

글쎄, 어쩌면 아내는 친척한테 돌아갈 수도 있고, 또 그들이 어떻게 보살펴줄지 알아볼 수도 있을 것이다. 그것은 바로 그녀가 매티에게 강요하고 있는 운명이었다—그렇다면 그녀 자신도 이런 운명을 개척하도록 내버려두어도 괜찮지 않을까? 아내가 자신을 찾아내 이혼소송을 제기하기 전까지, 그가—어디에가 있든지—아내에게 위자료를 지불할 만한 돈을 충분히 벌 수 있을지도 모른다. 그리고 다른 또 한 가지 대안은, 근본적인 생계 대책도 없어 지나보다도 훨씬 상황이 좋지 못한 매티를 혼자 떠나게 내버려두는 것이다.

그는 조금 전 종이를 찾느라 책상 서랍의 내용물을 뒤죽박죽으로 만들어놓았었다. 다시 펜을 들었을 때 오래된 〈베츠브리지 이글〉 지 한 부가 눈에 띄었다. 광고 면이 제일 위에 드러나 있었다. 거기에는 '서부 지방 여행운임 할인'이라는 눈을 끄는 글씨가 적혀 있었다.

이선은 램프불을 가까이 당겨 꼼꼼히 운임*을 살펴보았다. 그러고 나서 그는 신문을 손에서 떨어뜨리고는 아직 다 쓰지 않은

---

* 이 무렵 성인 두 사람이 미국 동부에서 서부까지 가는 데 교통운임이 십 달러가 들었다.

편지를 옆으로 밀어놓았다. 얼마 전까지만 해도 그는 그녀와 같이 서부 지방으로 간다면 어떻게 살아갈 것인가를 생각했었다. 하지만 지금은 그녀를 그곳까지 데려갈 여비조차 가지고 있지 않다는 사실을 깨달았다. 돈을 꾼다는 것은 불가능한 일이었다. 육 개월 전 그는 목재소를 수선하는 데 필요한 돈을 장만하느라 자신에게 유일하게 남아 있던 담보물을 저당 잡혔던 것이다. 그는 스탁필드에서는 담보물 없이 자기에게 단돈 십 달러도 돈을 꾸어줄 사람이 없다는 것을 잘 알고 있었다. 이 엄연한 현실이 마치 간수가 죄수에게 수갑을 채우듯 그를 압박했다. 빠져나갈 길이라고는 하나도—정말 하나도—없었다. 그는 일생 동안 죄수와 다름없었다. 그리고 지금 한 줄기 빛마저도 막 꺼져버리려고 하는 것이다.

이선은 천천히 소파에 기어 올라가 팔다리를 쭉 뻗고 누웠다. 팔다리가 어찌나 무거운지 다시는 움직이지 못할 것 같았다. 뜨거운 눈물이 목까지 차올라와 천천히 눈꺼풀 사이로 흘러내렸다.

그가 누워 있는 동안 그의 맞은편에 있는 창문 유리가 점점 밝아오면서 달빛을 받은 하늘을 어둠 위에 사각형으로 새겨놓았다. 구부러진 나뭇가지 하나가 그 위에 가로 걸쳐져 있었다. 여름 저녁 그가 목재소에서 돌아올 때면 매티가 앉아 있곤 하던 바로 그 사과나무 가지였다. 비를 머금은 수증기의 가장자리에 천천히 불이 붙어 타버리고, 순수한 달덩어리가 푸른 하늘에 휘영청 떠올랐다. 이선은 팔꿈치를 기대고 몸을 일으켜 바깥 풍경이 조각 같은 달 아래 하얗게 형체를 이루는 모습을 바라보았다. 오늘 밤이 바로 매티와 같이 썰매를 타러 가기로 한 밤이었고, 그들을 비춰줄 초롱불이 바로 하늘에 걸려 있는 것이었다! 창문을 통해 그는 달빛에 흠뻑 젖어 있는 언덕, 가장자리가 은빛으로 둘려 있는 어두운 숲, 하늘을 배경으로 펼쳐진 유령 같은 자줏빛 언덕을 바라보았다. 이 아름다운 밤 경치가 하나같이 그의 비참함을 비웃는 것만 같았다.

이선은 그만 잠이 들었고, 잠에서 깼을 때는 겨울 새벽의 냉기가 방 안에 가득 차 있었다. 춥고 몸은 얼고 허기졌고, 배가 고픈 것에 부끄러움을 느꼈다. 그는 두 눈을 비비고 창가로 다가갔다. 붉은 태양이 까맣고 연약해 보이는 나무 뒤 들판의 잿빛 가장자리 위에 걸쳐져 있었다. 그는 혼잣말로 "오늘이 맷의 마지막 날이구나" 하고 중얼거리면서 그녀가 없는 이 집의 모습을 상상해 보았다.

그가 거기에 서 있는데 뒤에서 발소리가 들리더니 매티가 들어왔다.

"오, 이선 아저씨…… 밤새도록 여기에 계셨어요?"

초라한 옷에 붉은 스카프를 목에 두르고 있는 매티는 너무 작고 주눅 들어 보였고, 창백한 얼굴은 차가운 빛을 받아 누르스름하게 보였다. 이선은 말없이 그녀 앞에 다가섰다.

"몸이 꽁꽁 얼었겠어요." 그녀가 흐린 눈빛으로 그를 바라보며 말했다.

그는 한 발자국 더 가까이 다가섰다. "내가 여기 있는 줄 어떻게 알았어?"

"제가 잠자리에 든 뒤 아저씨가 다시 아래층으로 내려가는 소리를 들었어요. 밤새도록 귀를 기울였지만 아저씨는 다시 올라오지 않더군요."

그의 다정한 모든 감정이 한꺼번에 그의 입술로 올라왔다. 그는 그녀를 바라보며 "곧 가서 부엌에 불을 피울게" 하고 말했다.

두 사람은 부엌으로 돌아왔다. 그녀를 위해 그는 석탄과 불쏘시개를 가져오고, 난로 청소를 해주었다. 그러는 동안 그녀는 우유와 먹다 남은 식은 고기 파이를 가져왔다. 온기가 난로에서 퍼져 나오기 시작하고 아침 해의 첫 빛이 부엌 마루에 비치기 시작하자 이선의 어두운 생각들이 한결 부드러워진 공기 속에 녹아버렸다. 매티가 지금까지 오랜 나날 아침이면 하던 대로 일하는 것을 보니, 그녀가 이제 더 이상 이 장면의 일부가 되지 않는다는 것은 불가능한 일처럼 보였다. 그는 혼잣말로 지나의 위협을

확실히 지나치게 과대평가하고 있었으며, 그녀 또한 아침 햇살이 다시 비치면 좀더 밝은 기분으로 돌아올 것이라고 중얼거렸다.

그는 난로 위에 몸을 구부리고 있는 매티에게 가서 그녀의 팔 위에 손을 얹었다. "네가 걱정하지 않았으면 좋겠구나." 그는 미소를 지으며 그녀의 두 눈을 들여다보며 말했다.

그녀는 얼굴을 몹시 붉히며 속삭이듯 "네, 이선 아저씨. 걱정하지 않을래요" 하고 대답했다.

"모든 일이 잘될 거야." 그가 덧붙였다.

대답 대신 그녀는 눈꺼풀을 재빠르게 깜빡였다. 그러자 그는 "지나 아줌마가 오늘 아침엔 아무 말도 하지 않았겠지?" 하고 물었다.

"네, 아직 만나지도 못했는걸요."

"만나더라도 모르는 척해."

이렇게 일러두고 그는 그녀를 두고 소 외양간으로 나갔다. 조섬 파월이 아침 안개를 뚫고 언덕으로 걸어 올라오는 모습이 보였다. 늘 보던 친근한 광경에 그는 더욱더 안심해도 좋을 것 같은 확신이 들었다.

외양간을 치우고 있을 때, 조섬이 쇠스랑에 몸을 기대고 서서 "대니얼 번이 오늘 낮에 플래츠로 가니까유, 매티의 트렁크를 갖다줄 수 있을 거구만유. 그럼 제가 그녀를 썰매에 태우고 가기가 편하게 될 것 같구만유" 하고 말하는 것이다.

이선이 멍하니 그를 바라보았고, 조섬은 계속해서 "아주머니 말씀이 새로 오는 아가씨가 다섯시에 플래츠에 도착한다구유. 그래서 저더러 매티를 스탬퍼드로 가는 여섯시 기차를 탈 수 있도록 데려다주라구 하시더랑께유" 하고 말을 이었다.

이선은 관자놀이에 피가 솟구쳐 오르는 것을 느꼈다. 잠시 침묵을 지키다가 "아, 매티가 집을 떠날지는 아직 확실치 않아……" 하고 말했다.

"그런가유?" 하고 조섬이 무관심한 듯 말했다. 그러고 나서 그들은 일을 계속했다.

그들이 부엌으로 돌아왔을 때, 두 여자는 벌써 아침을 먹고 있었다. 평소와 달리 지나의 태도는 날렵하고 활기에 넘쳤다. 커피를 두 잔이나 마셨고, 파이 접시에 남은 음식 찌꺼기를 고양이에게 먹였다. 그러고 나서 자리에서 일어나 창가로 걸어가서 제라늄에서 누른 잎 두서너 개를 따냈다. "마사 아줌마는 시든 잎이라곤 하나도 없이 잘도 키우셨지. 보살펴주지 않으면 이렇게 시들어버리는걸" 하고 생각에 잠겨 말했다. 그러고 나서 그녀는 조섬에게 고개를 돌리고 "대니얼 번이 몇 시에 온다고 했지요?" 하고 물었다.

그 일꾼은 주저하는 시선으로 이선을 바라다보았다. 그러고 나서 "정오쯤 해서구만유" 하고 대답했다.

지나는 매티에게 고개를 돌렸다. "네 트렁크는 썰매에 싣기는 너무 무거워서 대니얼 번이 와서 플래츠까지 갖다줄 거다" 하고 말했다.

"지나 아줌마, 정말 고마워요." 매티가 말했다.

"너하고 먼저 따져볼 게 있구나." 지나가 침착한 목소리로 말을 이었다. "면 타월 한 장이 없어졌더구나. 그리고 거실의 박제 부엉이 뒤에 늘 놓여 있던 성냥통을 네가 어떻게 했는지 도무지 알 길이 없구나."

지나가 먼저 나가고 그 뒤를 따라 매티가 나갔다. 남자들만 남게 되자, 조섬이 "그럼, 대니얼더러 오라구 하는 게 좋겠구만유" 하고 주인에게 말했다.

이선은 집 주변과 헛간에서 늘 하던 대로 아침 일을 끝마쳤다. 그러고 나서 조섬에게 "지금 스탁필드로 내려가려고 하네. 점심 식사 때 날 기다리지 말라고 하게" 하고 말했다.

격한 반발심이 또다시 그의 마음속에 북받쳤다. 벌건 대낮에는 도저히 믿기 어려워 보이던 일이 실제로 일어났다. 그는 매티가 추방당하는 장면을 속수무책으로 지켜봐야 하는 관객으로 전락

했던 것이다. 그의 사나이다움은 자신이 어쩔 수 없이 맡아야 하는 역할에 때문에, 그리고 매티가 자기를 어떻게 볼까 하는 생각 때문에 크게 손상되었다. 마을로 발길을 옮기는 동안 그의 마음속에는 여러 충동이 서로 얽혀 다투고 있었다. 그는 무엇인가를 하겠다고 마음먹었지만, 정작 그것이 무엇인지는 알지 못했다.

아침 안개가 걷히고 벌판은 햇빛 아래 은으로 만든 방패처럼 펼쳐져 있었다. 겨울의 광채가 창백한 봄 아지랑이 사이로 빛을 발하는 그런 하루였다. 걷고 있는 길에 찍히는 한 발자국 한 발자국에 매티의 존재가 생생히 살아 있었다. 하늘을 배경으로 뻗어 있는 나뭇가지 하나, 둑을 덮고 있는 가시덤불 하나에도 달콤한 추억이 깃들어 있지 않은 것이 없었다. 한번은 사위가 고요한데 물푸레나무에서 새소리가 들려왔다. 그 소리가 그녀의 웃음소리처럼 들려 그의 가슴이 죄었다가 다시 팽창했다. 이 모든 것에 그는 곧바로 무엇인가를 해야 하겠다고 다짐했다.

갑자기 머릿속에 앤드루 헤일이 떠올랐다. 인정 많은 사람이라 만약 그에게 지나의 병 때문에 하녀를 구하게 되었다고 말하면, 생각을 바꾸어 목재 값을 조금이라도 미리 줄지 모른다는 생각이 머리에 스쳐 갔던 것이다. 헤일은 이선의 처지를 잘 알고 있기 때문에 이선은 자존심을 크게 다치지 않고 다시 한번 그에게 호소해볼 만했다. 더구나 그의 가슴속에 온갖 감정이 용솟음

치는 마당에 자존심 같은 것이 무슨 소용이 있단 말인가?

이 계획은 생각해볼수록 더욱 희망적으로 보였다. 만약 헤일 부인만 움직일 수 있다면 그 일이 성공하는 데는 문제가 없었다. 그리고 오십 달러를 호주머니에 넣기만 하면 그 무엇도 그를 매티와 떼어놓을 수는 없었다……

그의 첫번째 목표는 헤일이 일하러 나가기 전에 스탁필드에 도착하는 것이었다. 그는 이 목수가 저 아래 코베리 도로에 일이 있고, 따라서 아침 일찍 집을 나서리라는 것을 잘 알고 있었다. 마음이 급해지면서 이선의 큰 걸음도 한층 더 빨라졌다. 그가 학교 언덕바지에 이르렀을 때 멀리 헤일의 썰매가 보였다. 그는 그 썰매를 놓치지 않으려고 바삐 걸어갔다. 하지만 좀더 가까이 다가가 보니 목수의 막내아들이 썰매를 몰고 있었고, 안경을 쓰고 그의 옆에 꼿꼿이 서 있는 큰 누에고치처럼 보이던 사람은 헤일 부인이었다. 이선은 썰매를 향해 멈춰 서라는 손짓을 보냈고, 헤일 부인은 앞으로 몸을 숙였다. 그녀의 주름살이 인자한 느낌을 주며 불그스레하게 반짝거렸다.

"바깥양반 말이지요? 그럼요, 네, 집에 가면 만날 수 있어요. 오늘 오전엔 일하러 가지 않아요. 아침에 깨어나더니 허리가 조금 아프다고 하더라고요. 방금 키더 영감의 고약을 붙이고 난롯가에 바짝 다가앉게 하고 오는 길이에요."

이선에게 어머니 같은 자애로운 미소를 지으면서 그녀는 말을 이었다. “방금 바깥양반한테서 지나가 새로 온 의사를 보러 베츠브리지에 갔단 말을 들었다오. 그녀가 또 그렇게 몸이 아프다니 참 안됐어요! 그 의사가 뭔가 도움을 줄 수 있으면 좋겠어요. 이 근처에서 지나보다 병으로 고생하는 사람은 없을 거예요. 늘 바깥양반에게 하는 말이지만, 이선이 돌보지 않는다면 그녀는 어떻게 될지 몰라요. 그리고 똑같은 말을 이선 어머님에 대해서도 늘 했는데. 이선 프롬, 당신은 참으로 운이 나빠요.”

헤일 부인은 자기 아들이 말을 다정하게 다독이는 동안 그에게 마지막으로 고개를 끄덕여 동정을 표했다. 그녀의 썰매가 다시 움직이자 이선은 길 한복판에 서서 점점 멀어지는 썰매의 뒷모습을 물끄러미 바라보았다.

헤일 부인처럼 누군가가 자기에게 친절하게 말해주는 것을 들은 지도 오래되었다. 대부분의 사람들은 그의 고생에 무관심하거나 그 또래의 젊은이라면 병자 세 사람은 아무 불평 없이 감당해야 하는 것이 마땅하다고 생각하는 듯했다. 하지만 헤일 부인은 “이선 프롬, 당신은 참으로 운이 나빠요” 하고 말했던 것이다. 그래서 그는 불행하면서도 덜 외로웠다. 만약 헤일 부부가 자기를 가엾게 여긴다면, 그들은 분명 자신의 간청을 들어줄 것이다……

이선은 그들의 집을 향해 다시 길을 따라 내려갔다. 하지만 몇 야드쯤 걸어가다가 얼굴이 붉어져 갑자기 걸음을 멈췄다. 금방 들은 말을 곰곰히 생각해보니, 처음으로 지금 자기가 하려고 하는 일이 무엇인지를 깨닫게 되었다. 자신은 지금 헤일 부부의 동정심을 이용하여 거짓 핑계로 그들에게서 돈을 얻어내려고 계획하고 있는 것이 아닌가. 황급히 스탁필드로 발걸음을 내디딘 것이 그 수상쩍은 목적을 명백히 보여주는 증거였다.

광기가 자신을 어떠한 행동으로 이끌었는지를 갑자기 깨닫자 그 광기가 갑자기 사라져버렸다. 그러자 그는 자기 앞에 놓여 있는 삶을 있는 그대로 볼 수 있었다. 그는 가난한 농부였고, 자기가 버리면 고독과 가난 가운데 남아 있을 병든 여인의 남편이었다. 그리고 설령 그녀를 버릴 배짱이 있다 하더라도, 자기를 동정하는 인정 많은 두 사람을 속이지 않고서는 그렇게 할 수 없었던 것이다.

그는 발길을 돌려 천천히 다시 농장으로 걸어갔다.

제9장

부엌문에는 대니얼 번이 우람한 골격의 갈색 말 꽁무니에 매단 썰매에 앉아 있었다. 말은 앞발로 눈을 차며 긴 머리를 이리저리 불안하게 흔들어댔다.

이선이 부엌에 들어가보니 아내가 난로 옆에 앉아 있었다. 그녀는 머리에 숄을 두르고 『신장병과 그 치료법』이라는 책을 읽고 있었다. 이선이 며칠 전 우편요금을 더 물어야 했던 바로 그 책이었다.

지나는 그가 들어올 때 얼굴을 들어 쳐다보지도, 움직이지도 않았다. 조금 뒤 이선은 "매티는 어디 있소?" 하고 물었다. 그녀는 책장에서 눈을 떼지 않은 채 "트렁크를 내리고 있겠죠" 하고 대답했다.

그는 화가 머리끝까지 치밀어 올랐다. "트렁크를 내리고 있다고…… 혼자서?"

"조섬 파월은 숲에 가 있고, 대니얼 번은 말을 혼자 둘 수 없다고 해서요." 지나가 대답했다.

그는 아내의 말을 끝까지 듣지도 않고 부엌을 나와 계단을 올랐다. 매티의 방문은 굳게 닫혀 있었다. 그래서 그는 잠시 층계참에서 머뭇거리다가 낮은 목소리로 "맷" 하고 불렀다. 하지만 아무 대답이 없자 그는 문의 손잡이를 잡아당겼다.

이선은 지난 초여름에 비가 새는 처마를 고치려고 이 방에 들어간 것을 빼고는 지금껏 한 번도 그곳에 들어가본 일이 없었다. 하지만 그 방의 물건이 어떤 모습을 하고 있는지 하나하나 정확히 기억할 수 있었다. 좁다란 침대 위에는 붉은 천과 흰 천을 잇대어 만든 조각이불이 덮여 있고, 옷장 위에는 예쁜 바늘겨레가 놓여 있으며, 그 위에는 그녀 어머니의 확대한 사진이 뒤쪽에 물감 들인 풀 한 단을 매단 녹슨 사진틀에 끼워져 있었다. 하지만 지금은 이런 것들과 그녀의 존재를 추억하게 할 만한 그 밖의 물건들은 모두 사라지고, 방 안은 그녀가 도착하던 날 지나가 그녀에게 안내해주던 때와 마찬가지로 쓸쓸하고 허전해 보였다. 마루 한복판에는 그녀의 트렁크가 놓여 있었고, 나들이옷을 입은 매티가 문을 등지고 얼굴을 두 손에 파묻은 채 트렁크 위에 앉아 있었다. 그녀는 흐느끼느라 이선이 부르는 소리를 듣지 못하고 있었다. 그가 등 뒤에 가까이 다가가 어깨에 손을 얹어놓을 때까지도 그녀는 그의 발소리를 듣지 못했다.

"맷…… 오, 안 돼…… 오, 맷!"

매티는 자리에서 벌떡 일어나 눈물 젖은 얼굴을 들어 그를 바라보았다. "이선 아저씨…… 아저씨를 다시는 만나지 못하는 줄 알았어요!"

그는 그녀를 꼭 껴안았다. 그리고 떨리는 손으로 그녀의 앞이마에 흘러내린 머리카락을 쓰다듬었다.

"나를 다시는 못 만나다니? 그게 무슨 소리야?"

그녀가 울면서 말했다. "조섬 말이, 아저씨가 점심 식사 때 기다리지 말라고 했다면서요. 그래서 저는 생각하길…… "

"내가 그냥 가버리고 돌아오지 않을 거라고 생각했단 말이야?" 그는 정색을 하며 그녀가 할 말을 대신 끝내주었다.

그녀는 아무 대답도 하지 않고 그에게 매달렸고, 그는 그녀의 머리카락에 입술을 댔다. 그 머리카락은 따뜻한 비탈에 돋아 있는 이끼처럼 부드러우면서도 탄력이 있었으며 새 톱밥이 햇볕 속에서 희미한 나무 향기를 내뿜는 것 같았다.

지나가 아래층에서 부르는 소리가 문틈으로 들려왔다. "대니얼 번이 그러는데, 자기에게 트렁크를 부탁하고 싶으면 빨리 서 두르란다."

두 사람은 고통스러운 표정을 지으며 서로에게서 떨어졌다. 강한 반대의 말들이 이선의 목까지 차올랐다가 사라졌다. 매티는 손수건을 찾아 눈물을 닦았다. 그러고 나서 몸을 숙여 트렁크의 손잡이를 잡았다.

이선이 그녀를 옆으로 밀쳤다. "맷, 그거 놔!" 이선이 명령했다.

그녀는 "이걸 들고 모서리를 돌리면 두 사람의 힘이 필요해요" 하고 대답했다. 그래서 그는 어쩔 수 없이 다른 쪽 손잡이를 잡았고, 두 사람은 함께 무거운 트렁크를 가까스로 층계참까지 갖다 놓았다.

"자 이젠 비켜." 그가 거듭 말했다. 그러고 나서 그는 트렁크를 어깨에 메고 계단으로 내려가 복도를 지나 부엌으로 들어갔다. 난로 옆 자기 의자에 앉아 있던 지나는 그가 지나가는데도 읽고 있던 책에서 고개를 들지 않았다. 매티는 그를 따라 문밖으로 나갔고, 그를 도와 트렁크를 썰매 뒤쪽에 올려놓았다. 그런 다음 두 사람은 문간에 나란히 서서 대니얼 번이 조바심하는 말을 몰아 썰매를 달리는 모습을 바라보았다.

이선은 자신의 가슴이 밧줄로 묶여 있고 어떤 보이지 않는 손이 시시각각으로 그 밧줄을 바짝 조이는 것 같은 느낌을 받았다. 두 번이나 매티에게 뭔가 말하려고 했지만 좀처럼 입이 떨어지지 않았다. 마침내 그녀가 돌아서서 집 안으로 다시 들어가려고 할 때서야 비로소 그는 그녀의 어깨에 손을 얹으며 막았다.

"맷, 내가 데려다줄게." 그가 속삭였다.

"지나 아줌마는 제가 조섬하고 같이 가기를 바랄 거예요." 그녀가 중얼거렸다.

"내가 너를 데려다줄 거야." 그가 거듭 말했다. 그녀는 아무 대답도 하지 않고 부엌으로 들어갔다.

점심때 이선은 도무지 밥을 먹을 수 없었다. 눈을 들면 그의 시선은 지나의 수척한 얼굴에 멈췄다. 굳게 다문 그녀의 입술의 양 끝이 떨리면서 미소로 바뀌는 것 같았다. 날씨가 풀려서 기분이 좋다고 하면서 잘 먹었고, 다른 때는 조섬 파월의 식욕을 모르는 척했으면서 오늘은 두 번씩이나 그에게 콩 요리를 먹으라고 권했다.

식사가 끝나자 매티는 평상시처럼 식탁을 치우고 접시를 씻었다. 지나는 고양이에게 먹이를 준 다음 난로 옆 흔들의자에 돌아가 앉았다. 그리고 항상 맨 나중까지 미적대던 조섬 파월은 마지못해 의자를 뒤로 밀치고 문간으로 발길을 옮겼다.

그는 문지방에서 돌아서더니 이선에게 "매티를 데리러 언제 올까유?" 하고 물었다.

이선은 창문 근처에 서서 기계적으로 담뱃대에 담배를 담으면서 매티가 왔다 갔다 하는 모습을 바라보았다. 그러더니 "자네는 올 필요 없네. 내가 직접 그녀를 데려다주려고 하니까" 하고 대답했다.

그러자 옆으로 돌린 매티의 뺨에 홍조가 떠오르고, 지나가 갑자기 고개를 쳐드는 것이 보였다.

"여보, 난 당신이 오늘 오후 집에 있었으면 좋겠어요." 그의 아내가 말했다. "조섬이 매티를 데려다줄 수 있잖아요."

매티는 애원하듯 그를 쳐다보았지만 그는 짧게 "내가 직접 매티를 데려다줄 거요" 하고 거듭 말했다.

그러자 지나도 조금 전과 다름없는 어조로 "당신은 집에 남아 그 여자애가 오기 전에 매티가 있던 방의 난로를 손질해야죠. 거의 한 달째 바람이 잘 통하지 않았어요" 하고 말을 이었다.

이선의 목소리가 분노에 차서 높아졌다. "매티가 쓸 수 있었다면 새로 오는 애도 쓸 수 있겠지!"

"그 애 말이, 자기는 늘 커다란 난로를 놓은 집에 있었답디다." 지나도 변함없이 무덤덤한 어조로 나지막이 대꾸했다.

"그럼 그 앤 그 집에 그냥 남아 있는 게 좋았을걸 그랬소." 이선이 내뱉듯이 말했다. 그러고는 매티에게 고개를 돌리고 "매티, 세시까지 준비해. 나도 코베리에 볼일이 있으니까" 하고 퉁명스러운 목소리로 덧붙였다.

조섬 파월은 마구간 쪽으로 갔고, 이선은 화가 잔뜩 나서 그의 뒤를 따라 큰 걸음으로 내려갔다. 그의 관자놀이에서는 맥박이 고동쳤으며, 두 눈은 뿌애졌다. 어떤 힘이 그의 일을 지시했는지, 또는 어떤 손과 발이 그 명령을 수행했는지도 모른 채 그는 일을 끝마쳤다. 밤색 말을 끌어내 썰매의 앞채 사이로 뒷걸음쳐 세웠을 때서야 비로소 그는 자기가 하고 있는 일이 무엇인지를 다시 한번 의식할 수 있었다. 굴레를 말머리에 씌우고 뱃줄을 썰매의 앞채에 휘감을 때, 플래츠에서 아내의 조카를 맞으려고 이렇게 썰매를 준비하던 일이 떠올랐다. 불과 일 년쯤 전 일로, 대기에는 봄날 같은 '기운'이 감돌던, 이렇게 날씨가 누그러진 오후였다. 밤색 말도 그때와 똑같이 큰 방울눈을 굴리면서 그의 손바닥에 코를 비벼대고 있었다. 그사이의 세월이 하나씩 자리에서 일어나 그의 앞에 서 있는 듯했다……

이선은 곰 가죽을 썰매에 훌렁 던지고 자리에 올라 집 앞으로 말을 몰았다. 부엌에 들어갔을 때 그곳은 텅 비어 있었고, 매티의 가방과 숄이 문간에서 기다리고 있었다. 그는 계단 밑으로 가서 귀를 기울여보았다. 위층에서는 아무 소리도 들려오지 않았지만, 곧 비워둔 서재에서 누군가가 움직이는 소리가 들리는 것 같았다. 그래서 문을 당겨 열어보니 모자를 쓰고 재킷을 입은 매티가 그에게 등을 돌린 채 책상 옆에 서 있었다.

그녀는 그가 가까이 다가오는 바람에 깜짝 놀라 재빨리 고개를 돌리며 "벌써 시간이 되었어요?" 하고 물었다.

"매티, 여기서 뭘 하고 있는 거야?" 그가 그녀에게 물었다.

그녀는 수줍어하면서 그를 쳐다보았다. "방을 둘러보고 있었어요…… 그뿐이에요." 그녀는 머뭇거리는 미소를 지으면서 대답했다.

두 사람은 말없이 다시 부엌으로 돌아갔고, 이선은 그녀의 가방과 숄을 집어들었다.

"지나는 어디에 있지?" 그가 물었다.

"지나 아줌마는 점심 식사 후에 곧바로 위층으로 올라갔어요. 몸이 다시 쿡쿡 쑤신다고 하면서 좀 쉬어야겠다고 했어요."

"네게 잘 가라는 말도 없던?"

"네, 그 말밖에는 없었어요."

부엌을 이리저리 천천히 둘러보면서 이선은 이제 몇 시간 뒤면 자기 혼자 이곳으로 돌아올 거라는 생각에 전율을 느꼈다. 그러자 현실을 벗어난 듯한 느낌이 다시 한번 그를 엄습했다. 그는 매티가 여기 자기 앞에 마지막으로 서 있다는 사실이 믿기지 않았다.

"자." 그는 문을 열고 그녀의 가방을 썰매에 실으며 지나치게 쾌활하다 싶을 정도로 말했다. 자리에 뛰어 올라가 앉은 그는 그녀가 자기 옆자리에 미끄러지듯 앉자 몸을 구부려 그녀 몸에 담요를 감싸주었다. "자, 그럼 이제 가자." 그가 외치며 말고삐를 흔들자 밤색 말은 조용히 무거운 걸음으로 언덕을 내려갔다.

"맷, 이제 우리에겐 신나게 썰매를 탈 시간이 많아!" 이선은 이렇게 소리치고는 털가죽 밑을 더듬어 그녀의 손을 자기 손안에 꼭 쥐었다. 날씨가 몹시 추운 날 스탁필드의 술집에 들러 한잔한 것처럼 그는 얼굴이 화끈거리고 정신이 아찔했다.

정문을 벗어난 그는 스탁필드 쪽으로 향하지 않고 오른쪽으로 말머리를 돌려 베츠브리지 길 쪽으로 올라갔다. 매티는 조금도 놀라는 기색 없이 잠자코 앉았다가 조금 지난 뒤에야 "섀도폰드로 돌아가는 거예요?" 하고 물었다.

이선은 웃으며 "난 네가 알 줄 알았어!" 하고 대답했다.

매티는 곰 가죽 아래로 좀더 바짝 다가앉았다. 그래서 그가 외투 소매 옆쪽으로 고개를 돌려도 그녀의 콧잔등과 바람에 나부끼는 물결 모양의 머리카락만 보일 뿐이었다. 그들은 창백한 태양 아래에서 반짝이는 들판 사이로 난 길을 따라 천천히 올라갔다. 그러고 나서 전나무와 낙엽송이 늘어선 작은 길 아래에서 오른쪽으로 꺾었다. 그들 앞쪽으로 저 멀리 죽 늘어선 언덕이 검은 반점 같은 산림으로 얼룩진 채 하늘을 등지고 하얗고 둥그런 커브를 그리며 물 흐르듯 펼쳐져 있었다. 작은 길은 오후의 햇빛 아래 나무줄기가 붉은색으로 바뀌고 눈 위에 연푸른 그림자를 던지는 소나무 숲으로 들어갔다. 그들이 그 숲으로 들어갔을 때 산들바람이 그치고 따뜻한 정적이 땅에 떨어지는 솔잎과 함께 나뭇가지에서 내려앉는 듯했다. 눈이 하도 깨끗해서 숲에 사는 짐승들의 조그마한 발자취도 그 위에 복잡한 레이스 모양을 남겨놓고 있었으며, 그 표면에 붙어 있는 푸르스름한 솔방울들은 청동 장식품처럼 서 있었다.

이선은 소나무들이 좀더 넓게 자리잡고 있는 숲에 이를 때까지 아무 말 없이 말을 몰고 가다가 말을 멈추고 그녀가 썰매에서 내리는 걸 도와주었다. 두 사람은 향기로운 나무 그루터기 사이로 지나갔고, 그럴 때마다 발밑에서 눈이 바삭바삭 부서졌다. 마침내 가파른 비탈 사이에 있고 양쪽에 수목이 무성한 조그마한 연못에 이르렀다. 얼어붙은 표면을 가로질러 건너편 강둑에는 석양을 등지고 솟아 있는 언덕 하나가 원추형의 그림자를 길게 늘어뜨리고 있었다. 그래서 이 연못의 이름을 그렇게 붙인 것이다. 그곳은 수줍음을 타듯이 그윽한, 이선이 가슴으로 느끼는 것과 똑같은 말없는 애수가 가득 차 있는 장소였다.

그는 작은 자갈이 깔린 연못가를 아래위로 훑어보다가 절반은 눈 속에 잠긴 채 쓰러져 있는 나무 그루터기에 눈길이 멈췄다.

"우리가 소풍 갔을 때 앉아 있던 곳이야." 그가 그녀에게 기억을 일깨워주었다.

이선이 말하는 소풍은 두 사람이 같이한 몇 안 되는 여가 가운데 하나인 '교회 소풍'*이었다. 지난해 여름 긴긴 오후에 이 그윽한 곳을 유쾌한 장난으로 채웠던 바로 그 소풍. 매티는 그에게 같이 가자고 부탁했지만 그는 거절했었다. 하지만 해질 무렵 산에서 재목을 벌목하고 내려오다가 그만 뒤처진 친구들한테 붙잡혀서 이 연못가에 있는 사람들한테로 끌려왔었다. 거기에서는 챙이 넓은 모자 아래 얼굴이 나무딸기처럼 반짝거리는 매티가, 짓궂은 청년들한테 둘러싸여 모닥불로 위에 커피를 끓이고 있는 중이었다. 초라한 옷을 입고 그녀한테 다가가면서 느끼던 수줍음, 그때 빛나던 그녀의 얼굴, 그리고 여러 사람들 틈을 뚫고 찻잔을 들고 자기한테 오던 그녀의 모습이 떠올랐다. 두 사람은 잠시 동안 연못가의 쓰러진 통나무 위에 앉아 있었고, 그녀가 금목걸이**를 잃어버리자 청년들에게 그것을 찾게 했었다. 이끼 틈에서 그것을 찾아낸 사람은 바로 이선이었다. 그뿐이었다. 하지만 그들의 모든 교제는 바로 이렇게 뭐라고 말로 표현할 수 없는 섬광 같은 것들로 이루어져 있었던 것이다. 이런 때 그들은 마치 겨울 숲 속에서 나비 한 마리를 발견한 것처럼 갑자기 행복감을

* 봄철에 교외에 나가 예배를 보며 소풍을 즐기는 교회 행사.
** 조그마한 사진이나 기념품 등을 금속 상자에 넣어 목에 거는 목걸이.

맛보는 듯했다……

"내가 네 목걸이를 찾은 곳이 바로 저기였어." 그는 무성한 딸기 숲 덤불에 발을 밀어 넣으며 말했다.

"전 아저씨만큼 눈 밝은 사람을 본 적이 없어요." 그녀가 대답했다.

매티는 양지쪽 나무 그루터기 위에 앉았고, 이선도 그녀 곁에 가 앉았다.

"분홍색 모자를 쓰고 있던 네 모습은 그림같이 예뻤어." 그가 말했다.

"아, 그 모자 말이군요!" 그녀는 활짝 웃으며 대답했다.

두 사람은 한 번도 지금처럼 상대방에 대한 마음을 드러내놓고 말한 적이 없었다. 그래서 한순간 이선은 지금 자신이 자유로운 몸으로 결혼하고 싶은 처녀에게 구혼하고 있다는 환상을 느꼈다. 그녀의 머리카락을 바라보던 이선은 다시 한번 그녀의 머리카락을 만지고 숲 냄새가 난다고 말하고 싶었다. 하지만 그는 이런 말을 할 줄 몰랐다.

갑자기 그녀가 일어서서 "여기에 더 머물면 안 되겠어요" 하고 말했다.

이선은 잠에서 채 깨어나지 않은 듯 그녀를 멍하니 계속 쳐다보았다. "시간은 넉넉해." 그가 대답했다.

두 사람은 서서 상대편의 이미지를 빨아들여 간직하려는 듯 서로의 눈을 바라보았다. 떠나기 전에 꼭 말하고 싶은 것이 많았지만 그는 지난여름의 추억을 간직하고 있는 이 장소에서는 차마 말할 수가 없었다. 그래서 그는 돌아서서 잠자코 그녀를 따라 썰매가 있는 곳까지 왔다. 그들이 다시 썰매를 몰고 떠났을 때는 태양이 언덕 너머로 기울고 있었고, 소나무 줄기들이 어느덧 붉은색에서 회색으로 바뀌었다.

들판 사이로 난 꾸불꾸불한 작은 길을 따라 그들은 이리저리 돌아 스탁필드 한길로 돌아왔다. 차디찬 붉은빛이 동쪽 언덕 위에 되비치는 탓에 확 트인 하늘 아래에는 아직도 햇빛이 밝게 남아 있었다. 눈 덮인 수목들이 마치 새들이 날개깃에 머리를 감추듯 헝클어진 덩어리 모습으로 한데 모여 있는 것 같았다. 그리고 하늘은 창백해지면서 좀더 높이 솟아 대지를 더더욱 외롭게 보이게 했다.

그들이 스탁필드 길로 들어섰을 때 이선이 "맷, 어떻게 할 작정이야?" 하고 물었다.

그녀는 잠시 망설이다가 마침내 "가게에서 일자리를 구해볼래요" 하고 대답했다.

"그런 일을 하기 어려울 줄 뻔히 알면서 그래. 공기가 나쁜 데다 하루 종일 서 있는 바람에 전에도 크게 고생했잖아."

"스탁필드로 오기 전보다는 몸이 훨씬 튼튼해졌어요."

"그럼 여기 와서 지금까지 건강해진 몸을 다시 던져버리겠다는 거야!"

이 말을 듣고 그녀는 대답을 찾지 못하는 것 같았다. 두 사람은 다시 아무 말도 하지 않았고 썰매를 타고 얼마 동안을 달렸다. 한 발 한 발 달리는 길마다 전에 그들이 서서 함께 웃거나 말없이 잠자코 있던 장소가 이선을 움켜잡고 끌어 내리는 듯했다.

"네 아버지 쪽 친척 중에 너를 도와줄 사람이 없을까?"

"부탁하고 싶은 사람은 하나도 없어요."

그는 목소리를 낮춰서 "내가 할 수 있는 일이라면, 너를 위해 무슨 일이라도 하겠다는 걸 너도 알지?" 하고 물었다.

"알고 있어요."

"하지만 난 할 수 없어 ……"

그녀는 잠자코 있었지만 그는 자기 어깨에 기댄 그녀의 어깨가 조금씩 흔들리는 것을 느꼈다.

"오, 맷." 그가 침묵을 깨뜨렸다. "만약 내가 지금 너하고 같이 갈 수 있다면, 그렇게 할 텐데……"

그녀는 가슴에서 종이쪽지 한 장을 꺼내면서 그에게로 몸을 돌렸다. "이선 아저씨…… 우연히 이것을 발견했어요." 그녀가 더듬거렸다. 점점 희미해져가는 빛 아래에서도 그는 그것이 전날 밤 자신이 아내에게 쓰기 시작했다가 잊어버리고 없애지 않은 바로 그 편지임을 알았다. 놀란 와중에도 기쁨의 전율이 강렬하게 흘렀다. "맷……" 그가 부르짖었다. "만약 내가 그렇게 할 수 있다면, 넌 내 말을 듣겠니?"

"오, 이선, 아저씨, 아저씨…… 그게 무슨 소용이 있어요?" 그녀는 갑자기 편지를 조각조각 찢어 눈 속으로 날려 보냈다.

"맷, 말해봐! 말해보라니까!" 그가 애원하듯 말했다.

매티는 한동안 잠자코 있다가 그가 고개를 숙여야 들을 수 있을 정도로 나지막한 목소리로 말했다. "달빛이 하도 밝아서 잠을 이룰 수 없는 여름날 밤이면 가끔 그 생각을 하곤 했어요."

그의 가슴은 이 달콤한 말에 취해서 정신이 어지러울 정도였다. "그렇게 오래전부터?"

그녀는 마치 그 날짜가 오래전에 정해졌다는 듯 대답했다. "제일 처음은 섀도폰드에 갔을 때였어요."

"그래서 다른 사람보다 나에게 먼저 커피를 주었던 거야?"

"잘 모르겠어요. 제가 그랬던가요? 전 아저씨가 소풍에 가지 않으려고 해서 몹시 당황했었어요. 그러다가 막상 아저씨가 길을 따라 내려오는 것을 보고는 일부러 그 길을 거쳐 집으로 돌아가시는 게 아닌가 하고 생각했어요. 그래서 너무 기뻤죠."

두 사람은 또다시 침묵에 빠져들었다. 그들은 이선의 목재소

옆 골짜기로 내려가는 지점에 이르렀다. 그 길을 따라 내려가는 동안 어둠도 육중한 솔송나무 가지에서 떨어지는 검은 면사포처럼 그들과 함께 내려왔다.

"맷, 난 손발이 꽁꽁 묶여 있어. 내가 해줄 수 있는 건 아무것도 없어." 그가 다시 말을 꺼냈다.

"이선 아저씨, 가끔 저에게 편지나 해주세요."

"오, 편지가 무슨 소용이 있겠어? 난 손을 뻗어 너를 만지고 싶어. 너를 위해 모든 것을 하고 싶고, 또 너를 보살펴주고 싶단 말이야. 네가 아플 때나, 네가 외로울 때 같이 있고 싶어."

"아저씨는 제가 잘 지낼 거라는 생각 말고는 다른 생각은 절대 하지 마세요."

"그럼 내가 필요 없다는 말이야? 결혼할 생각인 거지!"

"오, 이선 아저씨도!" 그녀가 소리쳤다.

"맷, 어째서 너에게서 그런 느낌을 받는지 난 모르겠어. 그보다는 네가 차라리 죽는 게 나아!"

"오, 저도 그렇기를 바라요. 차라리 그랬으면 좋겠어요!" 그녀는 흐느껴 울었다. 그녀의 울음소리에 사나운 분노가 그에게서 사라져버렸다. 그리고 도리어 부끄러운 생각이 들었다.

"우리 그런 말은 하지 말자." 그가 속삭였다.

"그게 사실인데 왜 하지 말아야 하나요? 전 하루에도 몇천 번씩 그렇게 되기를 바라는걸요."

"맷! 입 다물어! 그런 말은 하지 마."

"아저씨를 빼놓으면 저에게 친절한 사람은 단 한 사람도 없었어요."

"그런 말도 하지 마. 너를 위해 손 하나도 까딱할 수 없는 나야!"

"그래요. 하지만 사실인걸요."

그들은 스쿨하우스 힐 꼭대기에 이르렀고, 스탁필드는 그들 아래쪽 황혼 속에 누워 있었다. 작은 썰매 하나가 마을에서 이 길을 달려 올라와서는 유쾌하게 방울 소리를 내면서 지나쳤다. 그래서 두 사람은 몸을 펴고 굳어진 얼굴로 앞을 쳐다보았다. 한길을 따라 집 앞으로부터 가로등이 비치기 시작했다. 여기저기 사람들이 드문드문 문간으로 들어가고 있었다. 이선은 채찍을 들어 밤색 말을 빠른 걸음으로 달리게 했다.

그들이 마을 끝에 이르렀을 때 아이들이 내지르는 소리가 들려왔다. 한 무리의 남자애들이 뒤에 썰매를 끌고 교회당 앞 넓은 땅을 가로질러 흩어지고 있었다.

"하루 이틀만 더 타면 이제 애들이 썰매 타는 것도 끝일 거야." 이선이 온화한 하늘을 올려다보면서 말했다.

매티는 아무 말이 없었고, 그는 다시 "우리도 엊저녁에 타기로 했었지" 하고 덧붙였다.

그래도 그녀는 아무 말이 없었다. 하지만 그들의 비참한 마지막 시간을 잘 보내고 싶은 막연한 기대감에 자극받아 이선이 천천히 말을 이었다. "지난겨울 단 한 번밖에는 같이 썰매를 타본 일이 없으니 이상하지 않아?"

"제가 마을에 내려올 일이 드물었으니까요." 그녀가 대답했다.

"참 그렇지." 그가 말했다.

그들은 코베리 도로의 정상에 이르렀다. 교회당의 희뿌연 불빛과 바넘네 전나무의 검은 커튼 사이로 비탈길이 썰매 하나 없이 그들 앞에 쭉 뻗어 있었다. 어떤 이상야릇한 충동을 느낀 나머지 이선이 "지금 내가 너를 썰매에 태워 내려간다면 어떻겠니?" 하고 말했다.

그녀는 억지로 웃었다. "아니, 그럴 시간이 없잖아요!"

"시간은 얼마든지 있어. 자!" 지금 그의 유일한 희망이라고는 플래츠를 향해 말머리를 돌리는 시간을 늦추는 것뿐이었다.

"하지만 그 아가씨가," 그녀가 말을 더듬었다. "그 아가씨가 정거장에서 기다릴 텐데요."

"뭐, 기다리라고 하지. 그 아가씨가 기다리지 않으면 네가 기다려야 하잖아. 자, 어서!"

그의 목소리에 실려 있는 권위가 그녀를 복종시킨 것 같았다. 그가 먼저 썰매에서 뛰어내렸고, 그녀는 그의 도움을 받아 썰매에서 내렸다. 그러고는 머뭇거리는 듯한 태도로 "하지만 어디에도 썰매가 보이지 않는데요" 하고 말했다.

"아니, 있어! 바로 저 전나무 밑에 말이야."

그는 생각에 잠긴 듯 머리를 떨어뜨린 채 길가에 우두커니 서 있는 밤색 말에게 곰 가죽을 덮어주었다. 그러고 나서 매티의 손을 잡고 썰매가 있는 곳으로 끌고 갔다.

그녀는 순순히 자리를 잡고 앉았고, 그는 그녀의 뒤에 바짝 다가앉았다. 너무 가까이 앉은 탓에 그녀의 머리카락이 그의 이마를 스쳤다.

"맷, 준비됐지?" 그는 마치 그들이 서로 길거리 건너편에 있는 사람에게 소리치듯 크게 소리쳤다.

그녀는 그에게 머리를 돌리고는 "너무 캄캄해요. 앞을 잘 볼 수 있겠어요?" 하고 물었다.

그는 코웃음을 쳤다. "난 이 썰매 길을 눈을 가리고도 내려갈 수 있어!" 그러자 그녀도 그의 배짱이 좋다는 듯 따라 웃었다. 그러면서도 그는 잠시 동안 가만히 앉아서 눈을 크게 뜨고 긴 언덕을 내려다보았다. 저녁 시간 가운데에서도 가장 착각을 일으키기 쉬운 시간이었다. 하늘에서 내려오는 마지막 빛이 점점 다가오는 밤과 흐릿하게 합쳐지기 때문에 경계표와 거리를 잘못 판단하게 하는 그런 시간이었던 것이다.

"자!" 그가 부르짖었다.

썰매는 껑충 뛰어 달렸다. 그들은 으스름을 뚫고 날아갈 듯 달렸다. 아래로 내려갈수록 더 미끄럽고 빠르게 달렸다. 동굴 같은 밤은 그들 아래에 펼쳐지고 공기는 풍금 소리를 내며 스쳐 갔다. 매티는 손가락 하나 까딱하지 않고 가만히 앉아 있었다. 하지만 그들이 커다란 느릅나무가 치명적인 팔꿈치를 내밀고 있는 언덕 기슭의 굽이에 이르렀을 때, 그는 그녀가 자신에게 좀더 가까이 몸을 움츠리는 것이 아닌가 생각했다.

"맷, 겁내지 마!" 그가 그곳을 지나 두번째 비탈을 내려갈 때 의기양양하게 소리쳤다. 그들이 비탈길을 지나 평지에 이르러 썰매의 속력이 줄어들기 시작하자, 그녀의 입가에서 기쁨의 웃음이 작게 흘러나오는 소리가 들렸다.

두 사람은 썰매에서 뛰어내려 언덕을 다시 올라가기 시작했다. 이선은 한 손으로 썰매를 끌고 다른 손으로 매티의 팔을 잡았다.

"저 느릅나무로 돌진하는 줄 알고 겁이 났었지?"* 그는 마치 어린애 같은 웃음을 지으며 물었다.

"아저씨만 계신다면 전혀 겁나지 않는다고 말했잖아요." 그녀가 대답했다.

의기양양한 기분이 들자 이상하게 호기가 발동했다. "그렇지만 여기는 참으로 위험한 곳이야. 조금만 비켜 갔어도 우린 다시는 올라오지 못했을 거야. 하지만 나는 머리카락만큼 정확하게 거리를 잴 수 있지…… 언제나 그렇게 할 수 있단 말씀이야."

그녀는 "전 아저씨가 제일 정확한 눈을 갖고 있다고 늘 말했죠……" 하고 중얼거렸다.

아직 별이 뜨지 않은 가운데 황혼과 함께 깊은 정적이 내려앉았다. 그들은 말없이 서로 기대고 있었다. 하지만 한 발자국 한 발자국 올라갈 때마다 이선은 이렇게 혼잣말을 중얼거렸다. "이것이 그녀와 같이 걸을 수 있는 마지막 시간이로구나."

두 사람은 천천히 언덕 꼭대기까지 올라갔다. 그들이 교회당과 나란하게 섰을 때, 그는 그녀를 향해 머리를 숙이고 "피곤해?" 하고 물었다. 그러자 그녀는 가쁘게 숨을 몰아쉬면서 "멋졌어요!" 하고 대답했다.

그는 그녀의 팔에 팔짱을 끼고 노르웨이 전나무가 있는 곳으로 향했다. "이 썰매는 분명히 네드 헤일의 것일 거야. 어쨌든 이걸

---

* 이디스 워턴은 1904년 3월 11일 매사추세츠 주 레녹스에서 일어난 썰매 사고에서 이 작품의 소재를 취했다. 가파른 언덕에서 썰매를 타다 가로등에 부딪혀 여고생 한 명이 사망하고 그녀의 친구 네 명이 크게 부상을 입은 사고였다.

발견했던 그 자리에 놓아두기로 하지." 그는 썰매를 바넘네 문간까지 끌고 가 울타리에 기대어놓았다. 몸을 일으켰을 때 그는 매티가 어둠 속에서 갑자기 곁에 가까이 다가와 있음을 느꼈다.

"여기가 바로 네드와 루스가 서로 키스한 데인가요?" 그녀가 숨을 죽이며 속삭이고는 두 팔을 벌려 그를 껴안았다. 그녀의 입술이 그의 입술을 찾으면서 그의 얼굴을 온통 휩쓸었다. 그러자 그는 갑작스런 행동에 도취되어 그녀를 꼭 껴안았다.

"안녕히 계세요…… 안녕히 계세요." 그녀가 말을 더듬거리고는 다시 그에게 키스를 퍼부었다.

"오, 맷. 난 널 보내지 못하겠어!" 귀에 익은 외침이 그에게서 터져 나왔다.

그녀는 그의 품에서 빠져나왔다. 그녀가 흐느끼는 소리가 들렸다. "아, 저도 떠나지 못하겠어요!" 그녀가 울부짖었다.

"맷, 그럼 어떻게 할까? 어떡하면 좋아?"

두 사람은 어린애들처럼 서로의 손에 매달렸고, 절망의 흐느낌으로 그녀의 몸이 떨렸다.

정적 사이로 교회당의 시계가 다섯시를 알리는 소리가 들렸다.

"오, 이선 아저씨, 이제 시간이 됐어요." 그녀가 소리쳤다.

그는 다시 그녀를 끌어안았다. "뭘 할 시간이 됐단 말이야? 설마 내가 지금 너를 혼자 보낼 거라고 생각하진 않겠지?"

"기차를 놓치면 전 어디로 가요?"

"기차를 탄다면 어디로 갈 건데?"

그녀는 말없이 서 있었다. 그의 손을 잡고 있는 그녀의 손이 차갑고 맥이 풀려 있었다.

"지금 우리가 이렇게 서로 헤어진다면 어디엘 간들 무슨 소용이 있겠어?" 그가 말했다.

그녀는 그의 말을 듣지 못한 것처럼 꼼짝 않고 서 있었다. 그러고 나서 그녀는 그의 손에서 자기 손을 홱 빼고는 두 팔로 그의 목을 끌어안았고 갑자기 눈물 젖은 뺨을 그의 얼굴에 비볐다. "이선 아저씨! 이선 아저씨! 다시 한번 썰매를 태워주세요."

"어디로 내려간단 말이냐?"

"저 비탈길이요. 어서요." 그녀가 숨을 헐떡거리며 말했다. "다시는 우리가 올라오지 못하게 말이에요."

"맷! 도대체 그게 무슨 소리야?"

그녀는 다시 한번 그의 귀에 입술을 갖다대고 속삭였다. "바로 저 큰 느릅나무로 말이에요. 아저씬 그렇게 할 수 있다고 했잖아요. 우리가 서로 떨어질 필요가 없도록 말이에요."

"아니, 지금 무슨 말을 하고 있는 거야? 정신 나갔어!"

"정신 나간 게 아니에요. 하지만 아저씨와 헤어진다면 그렇게 될 거예요."

"오, 맷, 맷……" 그가 신음 소리를 냈다.

그녀는 그의 목을 감고 있는 두 팔을 더욱 조였다. 그녀의 얼굴이 그의 얼굴에 가깝게 맞닿았다.

"이선 아저씨, 제가 아저씨와 헤어져 어디로 가겠어요? 전 혼자서는 살아갈 수 없어요. 아저씨도 방금 그렇게 말했잖아요. 아저씨 말고는 제게 친절하게 대해준 사람이 하나도 없어요. 그리고 집에는 낯선 아가씨가 올 거구요…… 그 아가씨가 제 침대에서 자겠지요. 밤마다 누워 아저씨가 위층으로 올라오는 소리를 듣던 바로 그 침대에서……"

이 말을 듣자 그는 심장이 갈기갈기 찢어지는 것 같았다. 그와 함께 자기가 돌아가야 할 집—매일 밤마다 올라가야 할 층계, 위층에서 자기를 기다릴 여자의 끔찍한 모습이 눈앞에 떠올랐다. 그리고 달콤한 매티의 고백, 자신에게 일어난 일이 그녀에게도 일어났었다는 사실을 마침내 깨닫게 되었을 때의 그 걷잡을 수 없는 놀라움이 집에 두고 온 다른 모습을 한층 더 끔찍하게 만들었고, 다른 삶으로 돌아가는 걸 더 힘들게 만들었다……

짧은 흐느낌 사이로 그녀가 애원하는 소리가 들려왔지만 그는 이제 더 이상 그녀의 말을 알아들을 수 없었다. 그녀의 모자는 뒤로 젖혀졌고, 그는 그녀의 머리카락을 쓰다듬고 있었다. 그는 겨울 씨앗이 그러하듯 그 촉감이 자신의 손바닥에서 잠자도록 간직하고 싶었다. 그러고는 그녀의 입술을 다시 한번 찾아냈고, 그래서 그들은 작열하는 팔월의 태양 아래 그 연못가에 있는 것 같았다. 하지만 그의 뺨이 그녀의 뺨에 닿았을 때 그 뺨은 차가웠고 눈물로 가득했다. 밤하늘 아래 플래츠로 가는 한길이 보였다. 귓가에는 선로를 따라 올라오는 기차의 기적 소리가 들렸다.

전나무들이 그들을 어둠과 고요함으로 둘러쌌다. 관 속에 나란히 함께 드러누워 땅속에 묻힌 것이 아닌가 싶었다. 그는 "아마 이런 느낌일 거야……" 하고 혼자 중얼거렸다. 그러고 나서 다시 이어서 "그다음엔 아무런 고통도 느끼지 않겠지……" 하고 중얼거렸다.

갑자기 길 건너 쪽에서 늙은 밤색 말이 조그맣게 우는 소리가 들려왔다. 그는 '말이 왜 저녁먹이를 주지 않나 궁금해하고 있구나' 하고 생각했다.

"어서요." 매티가 그의 손을 잡아당기면서 속삭였다.

그녀의 음산하면서도 거친 행동 때문에 그는 잠시 머뭇거렸다. 그녀는 사람의 모습을 하고 있는 운명의 사자처럼 보였다. 전나무 그늘에서 탁 트인 투명한 황혼 속으로 나오면서 그는 마치 밤새처럼 눈을 깜박거리며 썰매를 끌고 나왔다. 그들 아래쪽으로 펼쳐진 비탈길에는 그림자 하나 보이지 않았다. 스탁필드 사람들은 지금 모두 저녁 식탁에 앉아 있었고, 교회당 앞 넓은 마당을 가로지르는 사람은 아무도 없었다. 눈이 곧 녹을 거라고 일러주는 듯 구름으로 뒤덮인 하늘이 여름 폭풍우가 쏟아지기 직전처럼 나지막하게 드리워져 있었다. 두 눈을 크게 뜨고 그는 어스름 속을 바라보았다. 하지만 눈은 보통 때보다 날카롭지 못했고 잘 보이지도 않았다.

이선은 썰매 위에 앉았고, 매티가 곧바로 그의 앞에 자리를 잡았다. 그녀의 모자가 눈 속에 떨어지자 그녀의 머리카락이 그의 입술에 닿았다. 썰매가 앞으로 미끄러지지 않도록 그는 다리를 쭉 뻗고 발뒤꿈치를 길바닥에 댔고, 그런 다음 두 손으로 그녀의 머리를 뒤로 젖혔다. 갑자기 그가 다시 일어났다.

"일어나봐." 그가 그녀에게 명령했다.

그녀가 늘 조심하던 말투였지만 그녀는 자리에 웅크리고 앉아서 "아니, 아니, 아니에요!" 하고 날카롭게 되풀이해 말했다.

"일어나라니까!"

"왜 그러세요?"

"내가 앞에 앉겠어."

"안 돼요. 안 돼! 앞에서 어떻게 조종할 수 있어요?"

"그럴 필요 없어. 길을 따라갈 거니까."

마치 밤이 엿듣고 있는 것처럼 두 사람은 목소리를 죽이고 속삭였다.

"일어나! 일어나라니깐!" 그가 그녀를 재촉했다. 하지만 그녀는 계속해서 "왜 앞에 앉으려는 거예요?" 하고 물었다.

"왜냐하면…… 왜냐하면 네가 나를 붙잡는 것을 느끼고 싶으니까." 그는 말을 더듬거리며 그녀를 끌어 일으켰다.

매티는 그의 대답이 만족스러웠거나 아니면 단호한 그의 목소리에 굴복한 듯했다. 그는 몸을 숙이고 손을 더듬어 어둠 속에서 자신보다 앞서 탔던 사람들이 만들어놓은 유리처럼 반들거리는 길을 찾아내고는 그 가장자리 사이에 조심스럽게 썰매를 놓았다. 그녀는 그가 썰매 앞에 다리를 꼬고 자리를 잡는 동안 기다렸다. 그러고 나서 재빨리 그의 등 뒤에 웅크려 앉고 두 팔로 그를 꼭 잡았다. 목에 닿는 그녀의 입김에 그는 다시 한번 몸을 떨고 거의 뛰다시피 자리에서 일어났다. 하지만 순간적으로 다른 대안이 그의 뇌리에 스쳐 갔다. 그녀의 말이 옳았던 것이다. 이 길이 서로 헤어지는 것보다 나았다. 그는 몸을 뒤로 젖히고 그녀의 입술을 자기 입술로 끌어당겼다.

두 사람이 막 출발할 무렵, 밤색 말의 울음소리가 다시 한번 들려왔다. 이 귀에 익은 간절한 부름, 그리고 이 소리가 불러오는 혼란스런 이미지들이 그를 따라 첫번째 코스까지 내려왔다. 길은 반쯤 내려갔을 때 가파른 내리막이었다가 오르막이 되었고, 그다음에는 또다시 현기증 나는 기다란 내리막이었다. 이 길을 날개가 돋은 듯 달리는 순간 그들은 멀리 구름 낀 밤하늘 속으로 날아오르는 듯했다. 그리고 스탁필드는 공간의 한 점처럼 한없이 아래로 떨어져가는 것 같았다. 이때 그 큰 느릅나무가 눈앞에 불쑥 나타나 굽은 길에서 두 사람을 기다리고 있었다. 그는 이를 악물고 되뇌었다. "우린 할 수 있어. 난 알아, 우리가 그걸 할 수 있다는 걸……"

두 사람이 나무를 향해 질주하는 순간 매티는 두 팔에 더욱 힘을 주었고, 그녀의 피가 그의 혈관 속으로 흐르는 것 같았다. 썰매가 한두 번 두 사람 밑에서 조금 빗나갔다. 그는 몸을 비스듬히 숙여 썰매를 느릅나무 쪽으로 곧장 향하게 하면서 "우린 할 수 있다고"라고 거듭 중얼거렸다. 그리고 그녀가 말한 몇 마디가 그의 머리를 통과해 눈앞 허공에서 춤을 추었다. 큰 나무가 점점 크게 그리고 가까이 다가왔다. 두 사람이 그 나무를 향해 돌진하는 순간 그는 '저 나무가 우릴 기다리고 있어. 저 나무도 알고 있는 것 같군' 하고 생각했다. 그때 갑자기 뒤틀리고 흉물스런 생김새를 한 아내의 얼굴이 자기와 그 목표물 사이에 나타났다. 그래서 그는 본능적으로 썰매를 옆으로 틀었다. 그러자 썰매는 빗나갔지만 그는 다시 한번 방향을 바로잡고, 곧장 튀어나온 그 검은 덩어리를 향해 돌진했다. 마지막 순간 대기가 수백만 겹의 불타는 철사처럼 그를 스치고 지나갔다. 그러고 나서 느릅나무는……

하늘에는 여전히 구름이 짙게 깔려 있었다. 하지만 바로 고개를 쳐다보니 별 하나가 보였다. 그는 '저게 천랑성*일까, 아니면…… 아니면……' 하고 생각하며 희미하게나마 별을 알아보려고 했다. 그러다 너무 피곤해진 그는 무거운 눈꺼풀을 닫고 잠을 청해보려고 했다…… 너무나 고요한 나머지 조그마한 동물이 바로 근처 눈 덮인 곳 어디에선가 지저귀는 소리가 들렸다. 그것은 들쥐처럼 놀라서 내는, 나지막하게 삐약삐약 하고 들려오는 소리였다. 나른한 가운데에서도 그는 그 동물이 다치지나 않았는지 걱정되었다. 다음 순간 그는 그것이 고통을 겪고 있음에 틀림없다고 느꼈다. 신비스럽게도 자기의 몸을 통해서도 그 통증이 쿡쿡 느껴질 만큼 그렇게도 괴로운 통증 말이다. 그는 몸을 소리 나는 쪽으로 움직여 왼쪽 팔을 눈 위로 뻗었지만 헛수고였다. 그리고 지금은 그 속삭이는 소리가 들린다기보다는 손에 만져지는 느낌이었다. 그것은 그의 손바닥 밑에 놓여 있었다. 그런데 손바닥에 잡히는 것은 부드럽고 탄력 있는 어떤 물체였다.

* 큰개자리의 알파별. 하늘에서 가장 밝은 항성으로 고대 이집트에서는 매년 여름 해뜨기 전 이 별이 동쪽 하늘에 나타나면 나일 강의 수량이 늘기 시작한다는 것을 알았다.

그 동물이 고통을 당하고 있다는 생각에 그는 견딜 수 없었다. 그래서 그는 몸을 일으키려고 애썼지만 뜻대로 되지 않았다. 바위나 어떤 거대한 덩어리가 자기 몸을 짓누르고 있는 것 같았다. 하지만 그는 어쩌면 그 조그마한 동물을 잡아 도와줄 수 있을지도 모른다고 생각하며 계속 왼손으로 조심스럽게 만지작거렸다. 그러다가 갑자기 손에 닿은 부드러운 물체가 매티의 머리카락이고 자신의 손이 그녀의 얼굴에 놓여 있다는 것을 깨달았다.

그는 무릎으로 지탱해 간신히 몸을 일으켰고, 그가 움직일 때마다 굉장히 무거운 짐이 함께 움직였다. 그는 계속해서 그녀의 얼굴을 어루만졌다. 작게 지저귀는 그 소리는 바로 그녀의 입에서 흘러나온 것이라는 느낌이 들었다……

그는 얼굴을 그녀의 얼굴에 가까이 가져가 그녀의 입에 귀를 갖다댔다. 어둠 속에서 그녀의 눈이 떠 있는 것이 보였으며 그녀가 자기 이름을 부르는 소리가 들렸다.

"오, 맷. 난 성공했다고 생각했어." 그가 신음 소리를 내며 말했다. 저 멀리 언덕 위에서 밤색 말이 울고 있었다. 그는 '말에게 먹이를 주어야 할 텐데' 하고 생각했다…… . . . . .

. . . .

. . . .

. . . .

에필로그

내가 프롬의 부엌으로 들어갔을 때 단조롭게 불평을 늘어놓는 소리가 그쳤습니다. 거기에 앉아 있는 두 여자 중에 누가 이 불평을 늘어놓은 사람인지 알 수 없었습니다.

내가 나타나자 두 여자 중 하나가 키가 크고 뼈가 앙상한 몸을 이끌고 나를 영접하기 위해서가 아니라—놀란 듯이 나를 힐끗 쳐다보았기 때문이었지요—프롬이 자리에 없어 늦어진 식사를 준비하기 위해 자리에서 일어났습니다. 사라사 실내복이 칠칠맞게 어깨에서 흘러내렸고, 얼마 안 되는 희끗희끗한 머리카락은 넓은 앞이마부터 뒤로 젖혀져 머리 뒤에 부러진 빗으로 동여매여 있었습니다. 이 여자는 아무 표정도 없고 또한 아무것도 반영하지 않는 창백하고 정기 없는 눈을 가지고 있었습니다. 얇은 입술은 얼굴과 마찬가지로 혈색이 없었습니다.

다른 여자는 이 여자보다 몸집이 훨씬 작고 가냘팠습니다. 그녀는 난로 옆 안락의자에 몸을 쪼그리고 앉아 있었습니다. 내가 들어오는 것을 보고 재빨리 내 쪽으로 머리를 돌렸지만 몸은 조금도 머리를 따라 움직이지 않았지요. 그녀의 머리카락은 다른 여자와 마찬가지로 반백이었으며, 얼굴도 역시 혈색이 없고 쪼그라들어 있었지만 호박색을 띠고 있었습니다. 거무스름한 그림자 때문에 콧등이 날카롭고 관자놀이가 움푹 팬 것처럼 보였지요. 볼품없는 옷 밑에서 그녀의 몸은 무기력하게 움직이지 않았습니다. 검은 눈동자는 흔히 척추 병자에게서 볼 수 있는 마녀의 눈동자처럼 빛났습니다.

산골 지방이라고는 하지만 부엌은 초라해 보였습니다. 시골 경매장에서 사 온 듯한, 더러워지긴 했어도 비싼 유물처럼 보이는 검은 눈동자를 가진 여자의 의자를 제외하고는, 가구는 모두 투박스런 것이었습니다. 소박한 사기 접시 세 개와 주둥이가 떨어져 나간 우윳병 하나가 칼자국이 난 기름때가 낀 식탁 위에 놓여 있었습니다. 밑에 밀짚을 깐 의자 두 개, 페인트를 칠하지 않은 보잘것없는 소나무 찬장이 회벽에 기대여 있었습니다.

"아, 추워라! 불이 거의 꺼져버린 것 같군." 프롬은 나를 따라 들어오면서 변명이라도 하듯 주위를 둘러보며 말했습니다.

찬장 쪽으로 간 키 큰 여자는 우리 쪽을 쳐다보지도 않았습니다. 하지만 곁에 있는 다른 여자는 쿠션을 댄 구석에서 높고 가느다란 목소리로 불평을 늘어놓듯 "난로는 바로 조금 전에 피운 걸요. 지나 아줌마는 잠이 들었고, 그리고 얼마나 오래 자는지 아줌마를 깨워 난로를 살펴보게 하기 전에 얼어 죽는 줄만 알았어요" 하고 대답했지요.

그제야 나는 그 여자가 바로 내가 들어올 때에 불평을 늘어놓던 사람이라는 것을 알았습니다.

이 여자와 같이 사는 다른 여자가 찌그러진 낡은 파이 접시에 먹다 남은 식어빠진 다진 고기로 만든 파이를 들고 곧 식탁에 돌아와서는 자기에게 하는 비난도 듣지 못한 듯이 식욕도 나지 않는 음식을 내려놓았습니다.

프롬은 이 여자가 앞으로 다가오자 머뭇거리며 그녀 앞에 섰습니다. 그러고 나서 나를 쳐다보면서 "이 사람이 내 아내, 지나입니다" 하고 말했습니다. 조금 간격을 두었다가 그는 안락의자에 앉아 있는 여자를 향해 "그리고 이 여자는 매티 실버 양입니다" 하고 덧붙였습니다……"

*

친절한 헤일 부인은 내가 플래츠에서 길을 잃고 눈보라 속에 파묻혀버린 것으로 생각했던 겁니다. 그래서 그 이튿날 아침 내가 무사히 돌아온 것을 보고는 어찌나 기뻐하는지, 내 위험 덕분에 그녀의 총애를 더 받게 되었다는 느낌마저 들었습니다.

이선 프롬의 늙은 말이 최악의 겨울 눈보라를 뚫고 코베리정션으로 나를 태워다주고 또 거기서 데려왔다는 말을 듣고 헤일 부인과 그녀의 어머니 바넘 부인은 꽤 놀라워했습니다. 게다가 말 주인이 나를 데려 가서 자기 집에서 하룻밤 재웠다는 말을 듣고는 더더욱 놀랐지요.

이 두 부인이 이상하게 감탄하는 데에는 프롬네에서 하룻밤을 지내면서 내가 어떤 인상을 받았는지 알고 싶어하는 숨은 호기심이 있다는 것을 느꼈습니다. 그리고 그들의 과묵함을 깨뜨리는 가장 좋은 방법은 그들로 하여금 내 과묵함을 뚫고 들어오게 하는 것이란 것을 깨달았습니다. 그래서 나는 당연하다는 말투로 대단한 환대를 받았고, 프롬이 그가 지금보다 행복하던 시절 글 쓰는 방, 즉 서재로 꾸민 것 같은 아래층 방에 잠자리를 마련해주더라고 말하는 정도로 그쳤습니다.

"그래요." 헤일 부인은 생각에 잠긴 듯 말했습니다. "이런 눈보라에는 그가 당신을 자기 집으로 데려갈 수밖에 없다고 느꼈겠지요…… 하지만 그에게는 그 일이 괴로웠을 거예요. 지난 이십여 년 동안 낯선 사람이 그 집에 발을 들여놓은 것은 당신이 유일할 거예요. 그는 자존심이 대단한 사람이라 가장 오랜 친구조차도 자기 집에 오는 것을 좋아하지 않아요. 나랑 의사를 빼놓고는 이제 어느 누구도 그 집에 가는 사람이 없지요……"

"아주머니는 요즘도 거길 가세요?" 내가 용기를 내어 물어보았습니다.

"내가 처음 결혼하고 나서 그 불상사가 있은 뒤엔 자주 갔었어요. 하지만 얼마 뒤 그들이 우리를 만나는 것이 그들에게는 더 괴로운 일일 거라는 생각이 들었지요. 그다음엔 이 일 저 일이 생기고 또 내 걱정거리까지 생기는 바람에…… 하지만 대체로 설날이나 여름에 한 번씩은 그 집에 가지요. 다만 이선이 어디 가고 집에 없는 날을 늘 택하려고 해요. 그 집에 두 여자가 우두커니 앉아 있는 모습을 보는 것도 민망스러워요…… 하지만 그가 그 초라한 집을 둘러볼 때 그 얼굴을 보면 참으로 기가 막힙디다…… 난 그 옛날 그의 어머니 시절부터, 그러니까 그들이 사고를 당하기 전부터의 그 집을 기억할 수 있지요."

그 시간 늙은 바넘 부인은 벌써 잠자리에 들었고, 그녀의 딸과 나는 저녁을 먹은 뒤 마모직(馬毛織)을 깔아놓은 단출하고 조용한 객실에 단둘이 앉아 있었습니다. 헤일 부인은 내 추측이 얼마나 근거가 있는지 보려는 듯 나를 슬쩍 쳐다보았지요. 나는 이 부인이 지금까지 침묵을 지키고 있었다면, 그것은 자기 혼자 보았던 어떤 것을 본 사람을 몇 해를 두고 기다려왔기 때문이라고 추측했습니다.

나는 헤일 부인이 나를 충분히 믿어주기를 기다린 뒤 "네, 그래요. 세 사람이 함께 우두커니 앉아 있는 모습을 보니 꽤 가슴이 아팠지요" 하고 말했습니다.

그녀는 인자해 보이는 앞이마를 찡그려 괴로운 표정을 지었습니다. "처음부터 그야말로 끔찍했지요. 그들을 이리로 옮겨왔을 때 난 바로 이 집에 있었어요…… 사람들은 매티 실버를 당신이 지금 머물고 있는 방에 눕혔어요. 그녀와 난 아주 친한 친구로, 그녀는 이듬해 봄에 내 결혼 들러리를 서주기로 했었지요…… 그녀가 조금 정신이 들자 그녀 곁에서 온밤을 같이 지냈어요. 사람들은 그녀에게 진정제를 주었어요. 그녀는 아침이 될 때까지 아무것도 모르다가 갑자기 바로 제정신으로 돌아왔지요. 그 커다란 눈으로 나를 똑바로 보더니 말했어요…… 오, 내가 왜 이런 말을 전부 당신에게 하고 있는지 모르겠군요." 헤일 부인은 목이 메어 제대로 말을 잇지 못했습니다.

그녀는 안경을 벗어 서린 김을 닦아내고는 떨리는 손으로 다시 안경을 썼습니다. "소문이 퍼진 건 그 이튿날이었지요." 그녀는 말을 이었습니다. "지나가 새로 고용한 아가씨가 오기로 되어 있어 서둘러 매티를 보냈다고요. 이곳 사람들은 그녀와 이선이 기차를 타려고 플래츠로 가고 있어야 할 시간에 도대체 왜 그 날 밤 썰매를 타고 있었는지 알지 못했어요…… 나 역시 지나가 어떤 생각을 하고 있었는지 몰랐어요…… 오늘날까지도 알 수가 없지요. 하기야 지나의 생각을 아는 사람은 아무도 없어요. 어쨌든 지나는 사고 소식을 듣고 곧 달려와서는 이선을 데려다 놓은 목사님 집에 가서 그와 같이 머물렀어요. 그리고 의사들이 매티를 옮겨도 괜찮다고 하자 지나는 사람을 보내 그녀를 농장으로 다시 데려갔지요."

"그럼 그때부터 지금까지 쭉 그녀가 거기에 있었습니까?"

헤일 부인은 "그곳밖엔 아무 데도 갈 곳이 없었으니까요" 하고 짤막하게 대답했습니다. 나는 가엾은 사람들이 겪고 있는 참담한 고통을 생각하자 가슴이 미어지는 듯했습니다.

"그래요, 거기서 쭉 살았어요." 헤일 부인은 계속 말을 이었습니다. "그리고 지나는 할 수 있는 한 정성껏 그녀를 보살펴주었고 이선을 보살폈어요. 지나가 아팠던 것을 생각하면 그건 기적이었지요…… 바로 하나님의 소명을 받자마자 바로 자리에서 털고 일어나는 것과 같았어요. 그렇다고 해서 자신의 병 치료를 아주 포기한 것은 아니었지요. 그녀도 쭉 병치레를 했으니까요. 하지만 그녀는 지난 이십 년 넘게 두 사람을 보살펴줄 만큼 근력이 세졌어요. 그 사고가 일어나기 전에는 제 한 몸도 보살필 수 없다고 생각했지만 말이지요."

헤일 부인은 잠깐 말을 멈췄습니다. 나는 그녀의 이야기가 불러일으킨 환상에 빠진 채 잠자코 있었습니다. 그러다가 "그들 모두에게 다 끔찍한 일이군요" 하고 중얼거렸습니다.

"그래요. 아주 끔찍해요. 그들은 모두 마음이 넉넉한 사람들이 아니지요. 사고가 나기 전에 매티는 그랬었지만요. 그녀보다 더 마음이 너그러운 사람은 본 일이 없어요. 하지만 그녀는 너무나 고생했어요…… 사람들이 그녀가 심술궂어졌다고 말할 때마다 난 늘 이 말을 하지요. 그리고 지나로 말하자면 언제나 시무룩했어요. 그렇다고 매티를 잘 참아주지 않았다는 말은 아니고요…… 내 눈으로 똑똑히 보아왔으니까요. 하지만 가끔씩 두 사람이 서로 말다툼을 하는 때도 있어요. 그럴 때 이선의 얼굴을 보면 가슴이 아파요…… 그 모습을 볼 때면 누구보다도 가장 괴로움을 받는 사람은 이선이 아닌가 하고 생각한답니다…… 어쨌든 지나는 아니지요. 괴로워할 시간이 없으니까요…… 그래도 가엾어요." 헤일 부인이 한숨을 지으면서 말을 멈췄습니다. "세 사람이 저 부엌에 갇혀 있다는 게 말이에요. 여름철 날씨가 좋은 날이면 그들은 그녀를 객실에 옮겨놓거나, 뒤뜰에 데려다 줘요. 그래도 그것은 비교적 쉬운 일이에요…… 하지만 겨울이 오면 불 피울 일을 생각해야지요. 그런데 프롬네에는 여분의 돈이라고는 한 푼도 없어요."

헤일 부인은 마치 이렇게 기억하고 나니 그 오랜 짐을 벗기라도 했다는 듯, 그리고 이제 더 이상 할 말이 없다는 듯이 길게 숨을 내쉬었습니다. 하지만 그녀는 갑자기 이야기를 끝내버리고 싶은 충동에 사로잡혔지요.

그녀는 다시 안경을 벗고 구슬로 장식한 식탁 커버를 가로질러 내 쪽으로 몸을 기댄 채 나지막한 목소리로 말을 이었습니다.

"그 사고가 일어난 지 일주일쯤 되던 날, 사람들은 모두 매티가 더 이상 살지 못할 거라고 생각했지요. 글쎄요, 어쩌면 살아 있는 게 더 끔찍한 일이지요. 한번은 우리 목사님한테 대놓고 그 말을 한 적이 있어요. 그랬더니 목사님께선 내 말에 깜짝 놀라시던걸요. 목사님께선 그녀가 처음 정신이 들던 그날 아침에 나와 같이 계시지 않았거든요…… 그리고 난 또 이런 말도 하지요. 만약 그녀가 죽었더라면, 이선은 살아 있을 거라구요. 지금 살아가는 모습으로 봐서는 지금 농장 위에서 살아가는 이선네 식구들이나 무덤 속에 묻혀 있는 이선네 식구들이나 이렇다 할 차이가 없는 것 같아요. 저 땅 밑에 있는 사람들은 하나같이 잠자코 있다는 사실을 빼놓고는 말이지요. 그곳에서 여자들은 입을 꼭 다물고 있어야 할 테니까요."

감옥으로서의 사회

작가를 뜻하는 영어 '라이터'라는 낱말을 보면 오직 남성형만 있을 뿐 여성형이 없다. 글을 쓰는 일은 으레 남성이 하는 일이지 여성의 일로 여겨지지 않기 때문이다. 그리하여 어쩌다 여성이 이러한 직업을 가질 때에는 그 말 앞에 '여성' 또는 '여자'라는 관을 얹어 '여성 작가'라고 부르게 마련이다. 우리나라를 비롯한 동양 문화권에서도 사정은 크게 다르지 않아서 글을 쓰는 직업을 가진 여성을 가리킬 때에는 굳이 '여류'라는 표를 달아 남성작가와 구분 짓는다. 언어학에서는 이러한 현상을 유표화(有表化)라고 부른다. 전문직에 속하는 직업치고 '여성'이나 '여류'라고 유표화되지 않는 직업은 거의 없다시피 하다.

미국 문학에서도 여성이 작가로 활약한 것은 비교적 최근 일이다. 물론 너새니얼 호손이 활약하던 19세기 중엽에는 여성 작가의 활동이 눈에 띄게 활발했다. 독서 인구가 갑자기 늘어나면서 잡지나 책에 대한 요구가 확대되었고, 그러한 대중의 욕구를 충족시키려다 보니 자연스럽게 대중작가가 많이 필요했다. 말수가 적고 점잖은 호손이 "이제 미국은 글 나부랭이나 끼적거리는 빌어먹을 여편네들 손에 완전히 넘어가버렸다"며 불편한 심기를 드러낸 것만 보아도 이 무렵 여성 작가들의 활약이 무척 대단했음을 짐작할 수 있다. 그러나 대중 독자의 취향에 영합하지 않고 순수문학의 길을 걷는 여성 작가는 이 무렵 가뭄에 콩 나듯 여간 찾아보기 어렵지 않았다.

미국 여성 작가 중에서 순수문학의 길을 걸은 최초의 작가를 꼽는다면 아마 이디스 워턴을 첫손가락에 들 수 있을 것이다. 19세기 말부터 20세기 초에 걸쳐 활약한 그녀는 미국 문학사에서 본격적인 의미의 '최초의 여성 작가'라고 할 수 있다. 호손이 투덜대던 "글 나부랭이나 끼적거리는 빌어먹을 여편네들"은 지금 미국 문학사에서 까맣게 잊히다시피 했거나, 기껏해야 문학사의 한구석에 자리하고 있거나, 아니면 각주에 갇혀 있다. 가령 수재나 로우슨이나 해나 포스터를 기억하는 사람은 그다지 많지 않을 것이다. 미국 문학을 전공하는 사람조차 그들이 한때 베스트셀러 작가로서 명성을 떨쳤던 여성 작가라는 사실을 겨우 기억해낼 정도이다. 그들과 비교해보면 워턴은 미국 문학사에서 아마존의 거인처럼 우뚝 서 있다.

더욱이 1970년대 이후 페미니즘의 거센 파도를 타고 이디스 워턴의 작품이 재조명되면서 그녀의 인기는 날로 높아졌다. 그동안 남성 작가들의 작품에 가려 제대로 빛을 보지 못하던 그녀의 작품이 학자들과 일반 독자들로부터 관심을 끌고 있는 것이다. 이제 워턴의 작품은 다른 작가들의 작품을 제치고 당당히 미국 문학의 정전(正典)의 반열에 올라 있을 뿐 아니라, 미국 문학사에서 가장 유명한 여성 작가 중 한 사람이 되었다. 미국 소설가 고어 비달은 "미국 소설가 중에 '주요' 작가라고 할 만한 작가가 기껏 서너 명밖에는 되지 않는데 이디스 워턴은 그 가운데 한 사람이다"라고 잘라 말한다. 그러면서 지금까지는 미국 문학이라는 산에서 헨리 제임스가 워턴보다 약간 위쪽 봉우리를 차지하고 있었지만 이제는 동등한 위치를 차지하고 있다고 밝힌다.

1

이디스 워턴이 활약하기 시작한 19세기 말만 하더라도 여성이 작가가 된다는 것은 그리 쉬운 일이 아니었다. 특히 그녀처럼 뉴욕 시의 상류사회에서 태어난 경우는 더더욱 그러했다. 그녀가 태어난 존스 가문은 뉴욕의 명문 가문 중에서도 명문으로 이른바 '400'이라고 일컫는 엘리트 집단에 속해 있었다. 이 무렵 상류사회에서는 '존스 가문과 발을 맞춘다'는 표현이 유행할 정도로 그녀의 집안은 널리 알려져 있었다. 그런데 이 무렵 상류사회에서는 이 계층에 속한 여성들에게 두 가지를 기대했다. 첫째는 결혼을 하는 일이고, 둘째는 자식을 낳아 어머니가 되는 일이다. 상류사회 사람들은 여성이 글을 쓰는 것을 요즈음처럼 예술 행위로 생각하는 것이 아니라 오히려 일종의 노동으로 생각했다. 특히 시와는 달라서 길이가 긴 장편소설을 쓴다는 것은 실제로 육체노동과 크게 다름없었다. 마땅히 상류사회에 속한 부모들을 자신의 딸을 육체노동에 종사시킬 수는 없는 노릇이었다. 한마디로 이디스가 속해 있는 상류사회의 '귀부인'은 문학가가 되지 않는 것이 일반적인 관습이었다.

일찍이 독서로 시간을 보내며 예술 세계에 눈을 뜬 이디스 워턴은 문학에 깊은 관심을 보이기 시작했다. 열네 살에 중편소설을 썼고, 열여섯 살 때 이미 시집을 출간했으며, 이 무렵 윌리엄 딘 하우얼스가 편집하는 잡지 〈애틀랜틱 먼슬리〉에 시 한 편이 실리기도 했다. 이디스가 문학 활동에 이렇게 깊은 관심을 보이는 것을 걱정한 나머지 어머니는 딸을 예정보다 일찍 사교계에 데뷔시킬 정도였다. 영국에서 페미니즘 운동에 불을 지핀 버지니아 울프는 여성이 작가가 되기 위해 '집안의 천사'를 살해하지 않으면 안 되었다고 털어놓은 적이 있다. 다시 말해서 남성 중심의 가부장적 질서가 만들어놓은 그럴듯한 여성 이미지의 굴레를 벗어던질 때 비로소 작가가 되어 글을 쓸 수 있다는 것이다.

그런데 워턴에게 '집안의 천사'라는 굴레를 벗어던질 수 있는 좋은 구실이 하나 생긴다. 1885년 스물세 살의 나이로 이디스 존스는 에드워드 워턴이라는 열세 살 연상의 남자와 결혼한 것이다. 개를 사랑하고 여행을 좋아한다는 한두 가지 공통점을 빼놓으면 두 사람은 모든 점에서 그야말로 하늘과 땅만큼이나 서로 달랐다. 이디스가 고도의 예술가적 심미안을 가지고 있는 지식인이라면, 에드워드는 사냥과 낚시질을 즐기는 야인이었다. 두 사람의 결혼은 초기부터 순조롭지 못 했지만 이디스 워턴은 이러한 상태로 무려 이십 년 이상을 버텨나가다가 마침내 1913년 남편과 이혼하기에 이른다. 요즘과는 달라서 이 무렵 이혼은 특히 여자 쪽에 큰 스캔들이 되는 것은 말할 것도 없고 치명적인 오점이 되었다.

어니스트 헤밍웨이는 작가에게 더할 나위 없이 좋은 교육은 불행한 유년 시절이라고 말한 적이 있다. 그러나 작가의 교육이라는 측면에서 볼 때 불행한 결혼도 불행한 유년 시절 못지않게 중요하다. 이 무렵 여성으로서 이디스 워턴이 보기 드물게 작가로 성공을 거둘 수 있었던 것은 불행한 결혼 때문이라고 해도 크게 틀리지 않을 것 같다. 남과 다를 바 없는 남편과 살면서 그녀는 다른 곳에 쏟을 시간과 정력을 오직 글을 쓰는 데에만 바쳤다. 불행한 결혼 탓에 긴장과 스트레스로 인한 신경질환을 앓고 있던 그녀는 의사로부터 좀더 진지하게 소설을 써보라는 권고를 받았다. 그리하여 그녀는 작품 집필에 전념함으로써 심리적 부담에서 벗어나 마음껏 창조력을 발휘할 수 있었다. 이혼을 전후하여 이디스 워턴은 뛰어난 작품을 많이 썼다.

워턴은 이렇게 창작에 전념하기 전만 하더라도 작가로서 별로 주목을 받지 못했다. 물론 이 무렵에도 그녀는 시를 비롯하여 단편소설과 장편소설을 많이 발표했다. 그러던 중 1904년부터 잡지에 연재를 한 뒤 그 이듬해 단행본으로 출간한 『환락의 집』이 베스트셀러가 되면서 워턴은 처음으로 작가로서 관심을 받기 시작했다. 더구나 1910년부터 파리에 삶의 터전을 마련한 워턴은 이 무렵 미국을 떠나 유럽에서 살던 헨리 제임스를 만나면서 더욱더 창작에 박차를 가하게 된다. 미국 문학에 심리적 리얼리즘 전통을 처음 세운 제임스는 이 무렵 미국 소설의 대가로 융숭한 대접을 받고 있었다. 그와 교류하면서 워턴은 직간접적으로 많은 영향을 받았다. 이 밖에도 그녀는 F. 스콧 피츠제럴드, 싱클레어 루이스, 앙드레 지드, 장 콕토 같은 작가들과 가깝게 지내면서 예술적 자양분을 주고받았다.

이디스 워턴은 미국 문학사에서 다작을 한 몇 안 되는 사람 가운데 하나로 꼽힌다. 장편소설과 단편소설을 비롯하여 시, 에세이, 기행문, 회고록, 심지어 실내장식에 관한 책에 이르기까지 무려 사십 권이 넘는 책을 출간했다. 장편과 중편, 단편을 통틀어 단행본으로 출간한 소설 작품만도 무려 서른한 권에 이른다. 몇십 년 전처럼 타자기로 작품을 쓰거나 요즈음처럼 컴퓨터나 워드프로세서로 글을 쓴 것도 아니고 직접 손으로 종이에 글을 써야 했다는 점을 생각하면 참으로 엄청난 양이라고 할 수 있다. 특히 워턴은 침대에 앉아 원고를 써 꽃잎처럼 방바닥에 흩뿌리면 바닥에 앉아 있던 비서가 그것을 주워 모았다고 한다.

이렇게 미국 문학에서 많은 장르에 걸쳐 다작한 작가로는 이디스 워턴 외에 19세기 말과 20세기 초에 걸쳐 활약한 윌리엄 딘 하우얼스 정도를 들 수 있다. 앞에서 언급한 『환락의 집』 말고도 『겨울』(1911) 『산호초』(1912) 『그 고장의 풍습』(1913) 『여름』(1917) 『순수의 시대』(1920) 등은 그녀의 대표작으로 평가받는다. 이 중 맨 마지막 작품으로 워턴은 1921년 여성으로서는 처음으로 퓰리처상을 받는 영예를 안았다. 그 이듬해에는 예일

대학교로부터 역시 여성으로서는 처음으로 명예문학박사 학위를 받기도 하였다.

2

이디스 워턴의 작품 가운데 『겨울』은 첫손가락에 꼽힌다. '현대의 고전'의 반열에 올라 있는 이 소설은 워턴의 문학을 대표할 수 있는 작품이다. 미국 중고등학교 독서 목록에는 약방의 감초처럼 꼭 끼어 있고, 대학에서도 문학을 전공하는 학생은 말할 것도 없고 인문학이나 일반 교양을 위한 교과 목록에서도 이 작품은 늘 빠지지 않는다. 미국 소설가 애니타 슈리브는 그동안 이 작품을 무려 스무 번 이상 읽었으며 읽을 때마다 언제나 새로운 감명을 받는다고 밝혔다. 그러면서 자신이 작가가 되기로 마음먹은 것도 다름 아닌 이 작품 때문이었고, 작품을 쓸 때마다 의식적이든 무의식적이든 『겨울』과 경쟁하고 있다고 털어놓았다.

그러나 이 소설은 처음 출간되었을 때 몇몇 비평가들로부터 주목을 받았을 뿐, 일반 독자들로부터는 별로 관심을 받지 못했다. 초기 서평을 쓴 비평가들도 이 작품의 문학적 기교를 높이 사면서도 작가가 다루는 소재에 대해서는 '소름 끼칠 만큼 끔찍하다'고 부정적인 태도를 보이기 일쑤였다. 가령 〈새터데이 리뷰〉 지는 "우리가 차라리 이 책을 읽지 않았으면 좋았을 것이다"라고 평하였다. 〈북먼〉 지도 "이 책이 너무나 가혹해서 워턴을 용서하기 어렵다"고 밝힌다. 비평가 가운데에는 이 소설을 '비도덕적으로 급진주의적인' 작품으로 평가하는 사람들이 있는가 하면, 이와는 달리 오히려 '도덕적으로 보수주의적' 성향을 드러내는 작품이라고 낙인을 찍는 사람들도 있었다. 그러나 비평가들의 평가와는 관계없이 이디스 워턴은 이 작품에 대해 자신감을 갖고 있었다. 서평을 한 비평가들에 대해 그녀는 "그들은 이 작품이 왜 좋은지 알지 못한다. 그러나 이 작품이 좋다고 판단한다는 점에서는 옳다"고 밝혔다.

『겨울』은 작가가 사망하기 일 년 전, 그러니까 작품이 출간된 지 이십오 년이 지나서야 비로소 일반 독자들로부터 관심을 끌기 시작했다. 이렇게 그 가치를 새롭게 인정받게 된 데에는 1936년 오언과 도널드 데이비스가 이 소설을 희곡으로 각색하여 연극 무대에 올린 것이 한몫을 톡톡히 했다. 이 연극은 뉴욕에서 크게 히트한 뒤 미국 전역을 돌며 순회공연을 했다.

이디스 워턴은 참으로 우연하게 『겨울』을 썼다. 뉴욕에서 태어났지만 어려서부터 유럽에서 생활한 그녀는 한때 파리에 머물면서 프랑스어를 배운 적이 있었다. 프랑스어 가정교사는 그녀에게 프랑스어로 글을 써보라는 제안을 하고, 워턴은 연습 삼아 프랑스어로 글을 쓰기 시작한다. 그런데 일기나 저널처럼 일상적 경험을 쓰는 것보다는 아무래도 줄거리가 있는 이야기를 쓰는 것이 훨씬 더 흥미로울 거라 생각한 그녀는 미국의 뉴잉글랜드 시골에 살고 있는 한 농부의 기구한 삶을 적기 시작한다. 바로 『겨울』이 탄생되는 순간이었다. 이때 이 시골 농부의 이름은 '하트'라고 정하고 불평만 늘어놓는 그의 아내 이름은 '애나'라고 했지만, 애나의 친척으로 하트가 사랑하게 되는 젊은 여성의 이름은 출간된 소설에서처럼 '매티'라고 정했다. 그로부터 칠 년 뒤 작가는 이 글을 다시 영어로 고쳐 쓰기 시작했다. 세계 문학사를 보면 이렇게 의지의 산물이라기보다는 오히려 우연의 산물이라고 할 예술작품이 참으로 많다는 데 새삼 놀라게 된다. 물론 이 우연이라는 것도 좀더 따져보면 필연의 결과요, 의지와 피나는 노력의 결과인 경우가 적지 않다.

영국 소설가 D. H. 로런스는 "작가는 원고지 위에 피를 쏟아놓는다"고 말한 적이 있다. 모든 문학작품에는 직간접적으로 작가 자신의 삶이 녹아 있게 마련이라는 뜻이다. 어쩌다 책을 읽거나 남한테 얻어들은 이야기로 작품을 쓰는 경우도 없지 않지만, 그러한 작품에서는 어딘지 모르게 인공감미료 같은 달짝지근한 맛이 난다. 설탕이나 꿀같이 끈적끈적한 맛은 역시 작가가 직접 체험한 소재로 작품을 쓸 때 비로소 느낄 수 있다. 훌륭한 문학 작품을 보면 보편성을 띠고 있지만 작가 자신이 겪은 구체적인 체험이 밑바탕이 되는 경우가 생각 외로 많다.

이디스 워턴의 작품이 흔히 그렇지만 특히 『겨울』에서는 작가의 체취가 물씬 풍긴다. 어찌 보면 이 작품은 작가 자신의 내적 삶을 그대로 옮겨놓은 것이라고 해도 크게 틀리지 않다. 이 점에서 이 작품은 워턴의 문학뿐만 아니라 미국 문학에서도 가장 자전적인 성격이 짙은 작품이라고 할 수 있다. 앞에서 이미 밝혔듯이 그녀의 결혼 생활은 처음부터 행복하지 못했다. 남편 에드워드 워턴은 신경질환을 앓고 있는 데다 때로는 거의 정신병에 가까운 증세를 보이기도 하였다. 아내가 문학가로서 명성을 얻으면 얻을수록 그녀에 대한 질투심도 그만큼 커졌다. 심지어 이디스는 차라리 남편이 죽기를 바랄 정도였다고 하니 두 사람의 관계가 과연 어떠했는지 쉽게 짐작할 수 있다. 더구나 남편이 외도를 하자 그녀가 받은 충격은 무척 컸다. 질식할 것 같은 결혼 생활에서 벗어나기 위해 그녀는 한때 미국의 젊은 저널리스트 모턴 풀러턴과 삼 년여 동안 정사(情事)를 가지기도 했다. 이런 이디스의 이러한 행동은 아직도 청교도 정신이 살아 숨쉬는 미국 사회에서 큰 스캔들이 되었다.

그래서 이디스 워턴의 친구요, 하버드 대학교의 미술사 교수

였던 찰스 엘리엇 노턴은 그녀에게 "어떤 위대한 문학작품도 이제까지 부정(不貞)한 정열에 기초를 둔 적이 없다"고 잘라 말할 정도였다. 노턴 같은 도덕적으로 엄격한 사람들에게 비록 남편의 외도 때문이라고는 하지만 워턴의 혼외정사는 그야말로 '용서받지 못할 죄'에 해당할 것이다. 그러나 노턴은 문학을 지나치게 도덕과 윤리의 규범에 얽매어놓는다는 혐의를 면하기 어려울 듯하다. 왜냐하면 문학은 도덕과 윤리를 전달하는 것과는 다른 그 나름대로의 임무와 기능을 지니고 있기 때문이다. 그것은 문학이 정치적 이데올로기의 시녀가 될 수 없고, 사회적 메시지의 도구가 될 수 없는 것과 같은 이치이다. 문학을 비롯한 예술작품에서는 비도덕적이고 비윤리적인 소재를 다루고 있느냐가 아니라, 그 소재를 얼마나 설득력 있게 예술작품으로 형상화했느냐가 중요한 잣대가 된다. 아무리 비도덕적 · 비윤리적 소재라고 할지라도 독자들에게 얼마든지 도덕과 윤리를 심어줄 수 있다. 가령 귀스타브 플로베르의 『보바리 부인』(1857)도, 레프 톨스토이의 『안나 카레니나』(1877)도 부도덕하고 비윤리적인 불륜의 사랑을 다루고 있지만 지금까지 많은 독자들에게 큰 감명을 주어온 것이다.

어찌 되었든 『겨울』을 읽고 있노라면 작가 자신의 삶이 눈앞에 자주 어른거린다. 가령 이디스와 에드워드가 거의 평생에 걸쳐 신경쇠약증을 비롯한 질병에 시달린 것처럼 이 소설의 작중 인물들도 온갖 질병에 시달린다. 더구나 주인공 이선 프롬의 불행한 결혼과 그것으로부터 벗어나려고 몸부림치는 것도 작가의 삶과 비슷하다. 주인공 이선 프롬은 작가 자신이고, 그의 아내 지나 프롬은 작가의 남편 에드워드이며, 매티 실버는 모턴 풀러턴인 셈이다. 이디스 워턴은 남녀의 역할만 살짝 바꿔놓았을 뿐 불행한 결혼 생활을 둘러싼 경험을 이 작품에 거의 그대로 옮겨놓는다.

더구나 이디스 워턴은 자신의 비극적인 결혼 생활 말고도 실제 뉴잉글랜드 지방을 여행하면서 듣고 본 이야기를 이 작품의 소재로 빌려오기도 하였다. 매사추세츠 주 서쪽에 위치해 있는 레녹스 지방을 좋아한 그녀는 백 에이커가 넘는 넓은 땅을 구입하여 그곳에 '마운트'라는 저택을 지었다. 뉴욕 주와 매사추세츠 주 경계 버크셔 산맥에 위치한 레녹스는 바로 한때 너새니얼 호손과 허먼 멜빌이 살면서 작품 활동을 하던 산간 지방이다. 이 지방에서 한번은 젊은이들이 썰매를 타다가 사고가 나 열여덟 살 된 처녀는 그 자리에서 사망하고 네 사람이 크게 부상을 입은 사건이 있었다. 워턴은 이 사건에서 살아남은 희생자 중 한 사람을 직접 만난 적이 있다. 워턴이 다른 어떤 작품보다도 이 작품을 쓰면서 "가장 큰 즐거움과 가장 큰 편안함"을 느꼈다고 털어놓는 것을 보면 자신의 삶과 떼려야 뗄 수 없을 만큼 깊이 연관되어 있음에 틀림없다.

그런데도 몇몇 비평가들은 이디스 워턴이 『겨울』에서 작가 자신이 잘 알지도 못하는 세계를 다루었다고 비판했다. 시골 지방과 그곳에 살고 있는 교육도 제대로 받지 못한 사람들은 그녀가 태어나 자라난 상류사회와는 너무나 동떨어져 있다는 것이다. 심지어 한 서평을 쓴 비평가는 이 작품을 두고 "뉴잉글랜드에 대해 아무것도 알지 못하는 누군가가 성공적으로 쓴 뉴잉글랜드의 이야기를 보여주는 흥미로운 예"라고 평하기도 했다. 이 서평을 읽고 워턴은 적잖이 충격을 받았다.

워턴은 비록 뉴욕의 상류사회 출신이지만 이 작품에서 버크셔 산간 지방의 삶을 단순히 관념적으로 그리지는 않았다. 이러한 서평을 의식한 듯 1922년에 쓴 서문에서 그녀는 방어적인 말투로 "나는 내가 상상력으로 창조한 스탁필드와 똑같은 군에 거처를 마련하기 오래전부터 뉴잉글랜드 마을의 삶에 대해 어느 정도 알고 있었다. 그러나 그곳에 살면서 어떤 모습들을 훨씬 더 친근하게 느끼게 되었다"고 밝힌다. 또한 『뒤를 돌아보는 시선』(1934)이라는 회고록에서도 "나는 『겨울』의 배경으로 삼은 뉴잉글랜드의 산간 지방에서 십 년을 보낸 뒤 이 작품을 썼다. 이 기간 동안 나는 산간 지방 사람들의 모습과 방언, 그리고 정신적·

도덕적 태도를 잘 알게 되었다"고 말하고 있다. 오히려 워턴은 메리 윌킨스 프리먼이나 세라 온 주웨트 같은 지방색 작가들이 뉴잉글랜드의 모습을 실제와는 다르게 '장밋빛으로' 아름답게 과장하여 묘사한다고 비난한다.

여기에서 문제가 되는 것이 작가와 작품의 관계이다. 한 작가가 작품에서 그리는 작중인물들의 삶이나 배경은 작가 자신의 삶과 반드시 일치할 필요는 없다. 가령 제임스 페니모어 쿠퍼는 프랑스 파리에서 미국 원주민 인디언들과 미개척 황무지를 다룬 〈레더스토킹〉 연작소설을 집필하였다. 윌러 캐더도 편안한 뉴욕 시내의 아파트에서 네브래스카 주의 황무지에서 삶과 싸우는 이민자들의 모습을 썼다. 워턴도 세계 유행을 주도하는 파리에서도 가장 귀족적이라고 할 생제르맹에서 이 작품을 썼지만 뉴잉글랜드 시골 농가에서 쓴 그 어느 작품보다도 설득력이 있다. 워턴이 이 소설에서 무엇보다도 관심을 기울이는 것은 작중인물들의 외형적인 삶의 모습이 아니라 어디까지나 심리 상태이다. 그들의 심리 상태에 대해 그녀는 어느 누구보다도 잘 알고 있었다. 이 점과 관련하여 엘리자베스 애먼스는 이 작품에서 "죄의식, 분노, 공포, 그리고 강렬한 질투는 예측할 수 없고 금지된 환희와 함께 가장 밀접한 관계를 맺고 있는 사람들에게 영향을 끼친다"고 지적한다.

3

위대한 문학작품이 으레 그러하듯 『겨울』도 작가 자신의 개인적 삶에서 그 소재를 취하긴 했지만 그것이 다루는 주제는 좀더 보편적인 삶의 문제, 윌리엄 포크너의 말을 빌린다면 '서로 갈등하는 인간 마음'의 문제라고 할 수 있다. 이디스 워턴은 자신의 예술관을 밝히는 자리에서 "모든 위대한 소설은 무엇보다도 도덕적 가치에 대한 깊은 의식에 기초를 두어야 하며, 그다음에는 고전적인 통일성과 경제적인 수단에 따라 구성되어야 한다"고 말한 적이 있다. 그녀의 입에서 '도덕 가치에 대한 깊은 의식' 운운하는 말이 나온다는 것이 언뜻 보면 위선적이요, 자기모순처럼 보일지도 모른다. 그러나 좀더 따져보면 그녀의 작품은 그 나름대로 도덕과 윤리에 대한 비전을 제시하고 있음이 밝혀진다.

이 소설은 제목 그대로 뉴잉글랜드의 시골 농부 이선 프롬을 그 주인공으로 삼는다. 그는 재능 있고 꿈 많은 청년으로 장차 엔지니어나 화학자가 되려고 한다. 그러나 어려운 집안 형편으로 시골에 파묻힌 채 환자인 어머니를 돌보면서 모든 꿈과 이상을 포기하지 않으면 안 된다. 특히 어머니가 병으로 사망한 뒤 어머니를 간호하던 먼 친척뻘 되는 지노비어(지나) 피어스와 결혼하자 그의 꿈은 더욱더 이루기 힘든 것이 되어버린다. 더구나 지나마저 병에 걸려 이선은 더욱더 궁지에 빠지게 된다. 처음부터 애정이 없던 그들의 결혼은 그녀의 질병과 괴팍한 성격으로 더욱 악화 일로에 놓인다. 바로 이때 이선의 어두운 삶에 한 줄기 구원의 빛을 던져주는 사람이 지나의 조카인 매티 실버이다. 매티가 지나의 병을 돌보고 집안일을 도와주기 위해 스탁필드의 그의 농가로 온 것이다. 이선은 곧 매티를 사랑하게 되며, 이를 눈치 챈 지나는 그녀를 집에서 쫓아내다시피 한다. 이별의 슬픔에 절망한 두 사람은 함께 썰매를 타고 언덕 밑에 있는 느릅나무에 부딪쳐 자살을 기도하지만 그것마저도 뜻대로 되지 않는다. 매티는 척추가 부러지고 이선은 절름발이 신세가 되어 두 사람은 오히려 지나의 보살핌을 받으며 고달픈 삶을 살아나갈 수밖에 없다.

이 작품은 그 플롯에서 볼 수 있듯 가능성과 잠재력을 가지고 있는 한 젊은이가 주어진 환경의 힘에 무참히 파괴되는 모습을 다룬다. 이선은 그가 원하던 엔지니어나 화학자가 될 만큼 충분한 자질과 능력을 지니고 있었다. 그러나 그를 둘러싸고 있는 환경의 힘은 그가 꿈과 이상을 실천에 옮기기에는 너무 가혹했다.

그는 결국 외부적 힘이라는 덫에 걸린 채 '낡은 폐선'처럼 살게 된다. 앨프리드 케이진이 "『겨울』은 저항할 수 없는 필연성의 드라마로 독자들을 압도한다"고 말하는 까닭이 바로 여기에 있다.

이 점에서 볼 때 『겨울』은 자연주의 전통에 굳건히 서 있는 작품이다. 19세기 말부터 찰스 다윈이나 줄리언 헉슬리 같은 생물학자들과 허버트 스펜서 같은 사회학자들이 미국 소설가들에게 영향을 끼치기 시작했다. 이디스 워턴은 유럽에 살면서 어느 누구보다도 이러한 자연주의 사상을 먼저 호흡했다. 자연주의문학 전통에서는 인간의 자유의지보다는 결정론을 설득력 있는 세계관으로 받아들인다. 자연주의자들은 인간의 행동은 하나같이 유전과 환경에 따라 이미 결정되어 있다고 본다. 이렇게 생물학적으로나 사회 · 경제적으로나 제약을 받는 인간은 아무리 발버둥치더라도 결국 세찬 바람에 이리저리 나부끼는 가랑잎처럼 무력할 수밖에 없다. 이렇게 자신의 힘으로는 제어할 수 없는 외부의 힘에 움직이는 인간은 한낱 가엾은 희생자일 따름이다. 자연주의에 늘 염세주의라는 꼬리표가 붙어 다니는 것은 바로 그 때문이다.

이선 프롬의 삶은 유전 같은 생물학적 결정론과 함께 환경 같은 사회 · 경제적 결정론의 영향을 받는다. 이선 프롬은 한때 매티 실버와 함께 서부로 도망가 그곳에서 새로운 삶의 터전을 마련하려고 생각하기도 한다. 그가 살고 있는 곳에서 그렇게 멀지 않은 이웃 마을에는 실제로 그렇게 하여 성공한 사람도 있다. 그러나 이선이 좀더 적극적으로 삶을 개척하지 못하는 것은 이미 프롬 가문의 기질을 물려받았기 때문이다. '성격이 곧 운명'이라는 말도 있듯 이선에게는 프롬 가문의 기질이 곧 그의 운명이 된다. 어느 날 밤 매티 실버와 함께 농장으로 돌아오면서 이선은 집 근처 가족 묘지에서 조상의 비석에 새겨진 비문을 읽는다. 그러고는 선조가 대대로 살아온 스탁필드를 벗어나 서부에서 새로운 삶을 개척한다는 것은 이룰 수 없는 한낱 헛된 꿈임을 깨닫는다.

그러나 이선의 삶은 유전 같은 생물학적 요인보다는 환경 같은 사회·경제적 요인의 영향을 훨씬 크게 받는다. 아버지가 농장에서 일을 하다 정신착란을 일으켜 일찍 사망하는 것도, 그의 뒤를 이어 곧바로 어머니가 비슷한 병으로 사망하는 것도, 그리고 그의 아내 지나마저 질병에 시달리는 것도 이선의 자유로운 행동에 걸림돌이 되는 요인이다. 이선의 전 재산이라고 할 척박한 농장과 목재소로는 식구들이 겨우 입에 풀칠할 정도밖에 되지 않는다.

이렇게 주인공을 압박하는 환경은 비단 가정에 그치지 않고 그가 살고 있는 마을 전체로 이어진다. 이 소설의 지리적 배경인 '스탁필드'는 그 이름에 걸맞게 을씨년스럽고 황량하며 척박한 곳이다. 대부분의 뉴잉글랜드 지방이 그러하듯 유난히 겨울이 길고, 겨울에는 강풍과 함께 눈보라가 휘몰아치며, 흰 눈이 대지를 덮고 있는 척박한 땅이다. 일 년 중 절반 정도가 겨울이나 다름없는 이곳에서의 삶이 고단하고 힘든 것은 불 보듯 뻔하다. 방금 전 이선에게는 프롬 가문의 기질이 곧 운명이라고 밝혔지만 이러한 물리적 환경도 이선에게는 운명과 다름없다. 차가운 한겨울의 냉기가 이선을 비롯한 주민들의 뼛속 깊이 스며들면서 생각과 행동에 알게 모르게 영향을 끼친다.

『겨울』에는 다른 자연주의 소설가들한테서는 좀처럼 볼 수 없는 또다른 요인이 있다. 한때 청교도주의라는 이름으로 뉴잉글랜드를 휩쓴 칼뱅주의가 바로 그것이다. 겉으로 잘 드러나 있지는 않지만 좀더 꼼꼼히 읽어보면 칼뱅주의가 작중인물들에게 적잖이 영향을 주고 있다는 사실을 알 수 있다. 이선과 지나 그리고 매티를 둘러싼 삼각관계의 드라마는 칼뱅의 예정설을 염두에 둘 때 좀더 쉽게 이해할 수 있다. 잘 알려진 것처럼 칼뱅은 인간이 이 세상에 태어날 때 이미 천국에 갈 사람과 지옥에 갈 사람이 정해져 있다고 주장했다. 그에 따르면 자유의지를 가지고 있지 않은 인간은 오직 하나님의 선택에 따라서만 천국에 들어갈 수 있을 따름이다. 이선이 비록 매티와 함께 서부로 도피하여 새로운 삶을 시작한다고 해도 그들의 행복을 보장할 수는 없다. 어쩌면 매티는 제2의 지나가 되어 이선을 괴롭히게 될지도 모른다. 썰매 사건으로 척추에 부상을 입은 매티는 지나처럼 되어 불평을 늘어놓고, 오히려 어느 정도 건강을 회복한 지나가 그녀를 돌보고 있는 맨 마지막 장면은 이 점을 뒷받침한다.

자연주의문학에서는 자유의지를 인정하지 않는 탓에 인간에 도덕이나 윤리에 대한 책임을 묻지 않는다. 오직 생물학적 본능과 충동에 따라 행동한다는 점에서 인간은 다른 동물과 크게 다르지 않기 때문이다. 밝은 햇빛 쪽으로 줄기를 뻗는 향일성(向日性) 식물처럼 인간도 편하고 아름다우며 즐거운 쪽으로 마음이 기울어지게 마련이다. 이선보다 무려 일곱 살이나 연상인 지나는 벌써 틀니를 하고 있고, 얼굴에는 광대뼈가 튀어나오고 여기저기 주름살이 잡혀 있다. 게다가 질병 탓이긴 하지만 이선에게 늘 불평과 불만을 늘어놓는다. 한마디로 그녀에게서 아무리 눈을 씻고 찾아보아도 여성으로서 어떤 매력도 찾아볼 수 없다.

이선이 이렇게 할머니가 되다시피 한 지나를 멀리하고 젊고 발랄한 매티 실버를 좋아하는 것은 어찌 보면 지극히 당연한 일이다. 매티가 자신의 집에서 지나를 돌보며 함께 살려고 온 것은 마치 "불이 식은 난로에 다시 불을 지피는" 것과 같은 것이었다. 오죽하면 매티와 함께 밤늦게 집에 돌아올 때 문 앞에 말라빠진 오이넝쿨 하나가 매달려 있는 것을 보고 이선은 은근히 그것이

지나를 위한 조상(弔喪) 리본이기를 기대할까. 또한 그는 지나의 안전을 걱정하기보다는 부랑배들이 집에 침입하여 그녀를 어떻게 했기를 은근히 기대하는 눈치이다. 적어도 이 점에서 이선이 무의식으로 지나에 대해 '정신적 살인'을 범하고 있다고 해도 크게 틀리지 않을 듯하다.

4

『겨울』이 자연주의 전통에 서 있는 것은 사실이지만 그렇다고 이 작품에서 자연주의 요소를 지나치게 강조하는 그리 바람직하지 못하다. 이디스 워턴은 동시대에 미국 문단에서 활약한 시어도어 드라이저나 프랭크 노리스와는 조금 다르다. 워턴은 "작가가 해야 할 일은 무엇보다도 상황이 작중인물들로부터 무엇을 만들어낼 것인가 하고 묻는 것이 아니라, 작중인물들이 주어진 처지에서 상황으로부터 무엇을 만들어낼 것인가를 묻는 것이다"라고 밝힌 적이 있다. 작가는 유전이나 환경 같은 외부적 힘보다도 개인의 자유의지를 중요하게 생각해야 한다는 말이다. 그렇다고 워턴이 인간을 단순히 유전과 환경의 힘에 따라 움직이는 꼭두각시로만 본 것은 아니다. 그녀에게 삶이란 그렇게 장밋빛은 아니지만 그렇다고 칠흑같은 한밤중도 아니다.

오히려 이디스 워턴이 이 작품에서 취급하고 있는 문제는 미국 문학의 중요한 주제 가운데 하나라고 할 개인과 사회의 갈등이다. 한 개인이 사회나 공동 사회와 빚는 갈등은 17세기 초 청교도들이 신대륙에 도착할 때부터 가히 포스트모더니즘 시대라고 할 21세기에 이르기까지 미국 문학 전통에서 면면히 계승되어온 주제이다. 워턴의 다른 작품에 등장하는 주인공과 마찬가지로 이선 프롬도 사회제도나 규범, 도덕적 인습이나 윤리적 전통과 맞서 싸우는 개인의 처절한 모습을 다룬다. 워턴의 작품에서 주인공들은 하나같이 인습이나 전통이라는 집단적 압력에 맞서다가 희생된 사람들이다. 정열적이거나 상상력이 풍부한 영혼을 소유하고 있는 주인공들은 하나같이 폐쇄적인 제도에 갇힌 채 사회라는 감옥 벽에 머리를 부딪침으로써 자신을 파멸시키거나, 아니면 스스로 감옥에 자신을 맡겨버림으로써 이른바 '삶 속의 죽음' 또는 '죽음 속의 삶'을 살아간다. 이렇듯 이선에게 사회나 공동사회는 한낱 창조적인 개인을 가두어두는 감옥에 지나지 않는다.

이 감옥의 이미지는 작가가 작품 전체를 통해 일관성 있게 관심을 기울이는 이미지 가운데 하나이다. 작가는 개인의 자유를 억압하는 사회의 인습과 전통을 흔히 감옥의 이미지로 표현한다. 이 작품의 첫머리에서 화자(話者)는 날마나 우체국에 찾아오는 이선 프롬을 두고 "오히려 사람들의 이목을 끈 것은, 걸음을 옮길 때마다 절룩거리는 발이 족쇄가 잡아당기는 것처럼 제지하는데도 태평스럽고 강렬한 그의 얼굴이었습니다"라고 말한다. 화자는 이선이 절룩거리며 걷는 모습을 죄수처럼 발목에 족쇄가 채워진 것에 빗댄다. 또다른 장면에서 화자는 "이 엄연한 현실이 간수가 죄수에게 수갑을 채우듯 그를 압박했다"고 말한다. 그런가 하면 또다른 장면에서도 이선은 매티에게 "맷, 난 손발이 꽁꽁 묶여 있어. 내가 해줄 수 있는 건 아무것도 없어" 하고 털어놓기도 한다. 이 족쇄의 이미지는 주인공이 놓여 있는 비극적 상황을 웅변적으로 보여준다.

이 작품에서 지나 프롬이 사회적 인습과 제도를 대변하는 인물이라면, 매티 실버는 개인의 자유를 대변하는 인물이다. 이선 프롬은 매티가 상징하는 '편안함과 자유스러움'을 찾으려고 하지만 사회는 오히려 그에게 지나가 상징하는 의무와 인습 그리고 전통의 짐을 짊어지기를 강요한다. 이선은 이렇게 서로 상충하는 두 힘 사이에서 갈등을 빚고 있다. 어떤 의미에서 개인과 사회의 갈등은 영원히 해결할 수 없는 일인지도 모른다. 이 두 힘 사이에서 어떤 조화와 균형을 꾀한다는 것은 불과 얼음 사이에 조화와 균형을 꾀하는 것과 크게 다르지 않다. 개인의 자유를 보장해주면 사회는 자칫 도덕적 무정부 상태에 빠지기 쉽다. 이와는 반대로 사회의 제도와 인습에 무게를 싣다보면 개인은 어쩔 수 없이 자유를 구속받게 된다. 이선이 결국 매티와 함께 그 질식할 것 같은 스탁필드를 탈출하지 못하고 자살이라는 나약한 방법을 택한 것은 개인의 자유와 사회의 인습을 절충한다는 것이 그만큼 힘들다는 것을 보여준다.

어떤 의미에서 보면 이디스 워턴 역시 20세기 초 미국의 사회적 통념에서 크게 벗어나지 못한 듯하다. 숨 막힐 것 같은 도덕과 윤리의 굴레서 벗어나려고 몸부림쳤지만 제대로 성공하지 못했다. 그것은 이선이 매티와 함께 서부로 도피하지 못하고 대신 죽음을 택하는 사실에서 잘 드러난다. 언젠가 워턴은 "삶은 죽음 다음으로 가장 슬픈 것이다"라고 밝힌 적이 있다. 삶도 슬프고 죽음은 삶보다도 더 슬프다는 말이다. 결국 인간은 이 소설의 주인공들처럼 실존의 감옥에 살고 있는 수인(囚人)인 셈이다. 이 점에서 그녀를 '비관적 모럴리스트'라고 불러도 크게 틀리지 않을 것이다.

1857년에 『보바리 부인』이 처음 출간되었을 때 귀스타브 플로베르는 말할 것도 없고 많은 독자들이 "내가 바로 보바리다" 하고 부르짖었다. 마찬가지로 『겨울』을 읽으면서 "내가 바로 이선 프롬이다" 하고 외칠 독자들이 적지 않을 것이다. 주인공은 우리 의식 밑바닥에 숨어 있지만 휴화산처럼 한 가닥 연기를 내뿜고 있는 무의식이요, 잠재의식의 표현일지도 모른다. 도덕이나 윤리의 이름으로, 종교의 이름으로, 또는 문명의 이름으로 억압해버린 우리 자신의 내면 풍경이요, 슬픈 자화상이기도 하다. 이 소설이 우리에게 가슴 뭉클한 깊은 감동을 가져다주는 것도 따지고 보면 사회화 과정을 통하여 억압해버린, 그러나 여전히 마음 깊은 곳에 도사리고 있는 원초적 본능과 충동을 건드리기 때문일 것이다.

5

『겨울』에서 이디스 워턴은 기법과 형식에서도 혁명적인 변혁을 꾀한다. 자연주의 전통에 서 있는 작품은 자칫 내용과 주제에만 관심을 기울일 뿐 기법과 형식에 소홀하다고 생각하기 쉽다. 그러나 워턴은 이 소설에서 시인이 무색할 정도로 시적 이미지와 상징 등을 효과적으로 구사한다. 여기에서 잠깐 워턴이 시집을 발간한 시인이라는 사실을 다시 한번 떠올릴 필요가 있다. 시적 감수성을 지닌 저자가 쓴 작품답게 이 소설은 아주 서정적이

어서 마치 한 폭의 수채화를 보는 듯하다.

주제와 관련해 앞에서 이미 감옥의 이미지를 밝혔지만 이 소설에서 작가는 이 이미지 말고도 다른 이미지를 많이 사용한다. 가령 한겨울에 스탁필드에 휘몰아치는 사나운 날씨를 군대가 마을을 공격하는 모습에 빗대는 솜씨가 여간 놀랍지 않다.

> 내가 그곳에 좀더 머물러 있으면서 수정같이 맑은 날씨가 지나가고 햇빛 한 점 볼 수 없는 추운 날씨가 오래 계속되는 것을 보았을 때, 2월의 폭풍이 그 운명의 마을 주위에 흰 천막을 둘러치고 3월의 강풍이 난폭한 기병대를 이끌고 이 폭풍을 지원하려고 돌진해 내려올 때, 나는 왜 스탁필드가 마치 굶주린 수비대가 살려달라는 애원도 하지 않고 항복하듯 여섯 달 동안의 포위에서 빠져나오는지를 이해하기 시작했습니다. 이십 년 전이라면 저항의 방법도 훨씬 적었을 것이고, 적도 포위된 마을들 사이의 접근로를 거의 완전히 손아귀에 넣고 있었을 겁니다.(14쪽)

이 인용문은 군대에 대해서는 별로 아는 것이 없을 듯한 여성 작가가, 그것도 미국의 시골 마을이 아닌 호화로운 파리의 저택에서 쓴 글이라고는 전혀 느껴지지 않는다. 2월에 눈보라가 휘몰아쳐 마을을 온통 흰 눈으로 덮어버리는 것을 워턴은 마을 주위에 군대가 야영을 하기 위해 흰 천막을 둘러치는 것으로 묘사한다. 다른 지방 같으면 한겨울도 점차 물러나고 따뜻한 봄기운을 느낄 만한 3월에 오히려 아직 항복하지 않고 있는 스탁필드를 공격하기 위해 난폭한 기병대를 이끌고 2월의 폭풍을 지원하려고 돌진해 온다는 묘사도 빛을 내뿜는다. 그런가 하면 스탁필드 마을이 "마치 굶주린 수비대가 살려달라는 애원도 하지 않고 항복하듯 여섯 달 동안의 포위에서 빠져나"온다는 묘사도 놀랍기는 마찬가지이다. 생각해보면 볼수록 이미지와 비유를 구사하는 워턴의 솜씨가 보통 수준을 넘는다.

이 소설에서 작가가 구사하는 여러 가지 상징적 이미지 가운데에서도 색깔의 이미지 역시 중요한 몫을 차지한다. 이 작품을 한 가지 색깔로 표현한다면 다름 아닌 흰색이다. 버크셔 산맥 근처에 위치한 스탁필드는 일 년 중 몇달 동안 흰 눈으로 덮여 있다. 나무가 있는 숲과 말라빠진 덤불 그리고 바위 덩어리가 보일 뿐 눈을 돌리는 곳마다 사방이 흰 눈으로 덮여 있다. 허먼 멜빌의 『백경』(1951)에서처럼 흰색은 무위(無爲)와 절망과 죽음의 색깔이다. 흰색은 이선을 비롯한 작중인물들이 영위하고 있는 '삶 속의 죽음' 또는 '죽음 속의 삶'을 상징적으로 보여준다.

한편 이 작품에서 붉은색이나 자주색은 흰색과는 정반대의 상징적 의미를 지닌다. 주로 매티 실버와 관계있는 이 색은 젊음의 색깔이요, 생명의 색깔이다. 매티는 체리 빛깔의 스카프를 즐겨 두르고 있으며, 지나가 집을 비운 날 밤에는 자주색 리본을 매고 있다. 또한 역시 지나가 없는 그날 밤 저녁 식사 테이블에 그녀는 지나가 아끼는 붉은색 유리 접시에 오이지를 담아놓는다. 그런가 하면 붉은색이나 자주색은 너새니얼 호손의 『주홍글자』(1850)에서 헤스터 프린이 가슴이 달고 다니는 'A' 자처럼 죄의 색깔이기도 하다. 손목을 잡고 가볍게 키스를 나누는 것이 고작이지만 매티와 이선의 관계는 어디까지나 '불륜'이라고 부를 수밖에 없다. 특히 기독교에서는 눈으로 호의를 표하는 것은 말할 것도 없고 마음속으로 호의를 품는 것조차 '간음'으로 간주한다는 사실을 염두에 둘 때 더더욱 그러한 생각이 든다.

그러나 『겨울』에서 기법이나 형식에서 무엇보다도 눈길을 끄는 것은 구성 방법이다. 이디스 워턴은 이 작품에서 '액자소설'의 형식을 취한다. 액자소설이란 액자 속에 그림을 끼워놓는 것처럼 소설 속에서 또다른 소설, 이야기 속에 또다른 이야기를 담고 있는 구성 방법을 말한다. 이 작품은 아무런 숫자를 적지 않은 프롤로그와 에필로그를 포함하여 일련번호가 붙어 있는 아홉 개의 장 등 모두 열한 장으로 구성되어 있다. 이 가운데에서 프롤로그와 에필로그는 액자(현재 사건)에 해당하고, 그 중간에 삽입되어 있는 아홉 장은 그림(과거 사건)에 해당한다. 프롤로 그 첫머리에서 이름을 밝히지 않은 화자는 "나는 그 이야기를 여러 사람한테서 조금씩 얻어들었고, 이런 경우에 으레 그러하듯이 그 이야기는 들을 때마다 조금씩 달라졌습니다"라고 말한다. 여기에서 이 소설의 화자인 '나'는 코베리정션에 있는 발전소 일로 그곳에 파견되어 있다가 목수들의 파업으로 일이 지연되는 바람에 그해 겨울의 대부분을 스탁필드에 묵고 있는 엔지니어이다. 그 뒤 어느 날 '나'는 이선 프롬이 모는 마차를 타고 역까지 갔다 오던 중 심한 눈보라를 만나 어쩔 수 없이 이선의 집에서 하룻밤 묵게 된다. 프롤로그의 맨 마지막에서 "내가 이선 프롬에 관한 단서를 찾고 그의 이야기에 관한 이 환상을 짜 맞추기 시작한 것은 바로 그날 밤이었습니다"라고 밝히고 있듯 '나'는 이날 밤 그 집에서 목격한 사실과 그동안 마을 사람들한테서 들어온 이야기를 바탕으로 이선에 관한 이야기를 짜 맞춘다. 에필로그 첫머리에서 '나'는 "내가 프롬의 부엌으로 들어갔을 때 단조롭게 불평을 늘어놓는 소리가 그쳤습니다"라고 말한다. 제9장에서 '나'는 '환상'을 모두 끝내고 에필로그에 이르러 다시 현실 세계로 되돌아오는 것이다.

이러한 구성 방법은 이디스 워턴이 다른 작품에서는 별로 사용하지 않았고, 그렇게 좋아하지도 않은 기법이다. 헨리 제임스도 '야만적인' 서술 기법이라고 부른 적이 있을 만큼 20세기 초만 해도 작가들에게 별로 인기가 없었다. 이 소설이 처음 출간되었을 때부터 지금까지 많은 비평가들이 이 '액자소설' 기법을 문제 삼았다. 무엇보다도 화자 '나'는 이선과 관련한 이야기를 서술하는 것 말고는 이 작품에서 아무것도 하는 역할이 없기 때문이다. 특히 화자에게 아무런 이름도 없다는 익명성은 그의 역할을 더욱 의심하게 한다. 빗대어 말한다면 이 작품에서 이 서술 기법은 마치 살아 숨쉬는 나비를 잡아 액자 속에 넣어둔 것처럼 인위적이고 부자연스럽다. 차라리 액자를 풀어버리고 나비를 훨훨 날아가게 하는 쪽이 훨씬 더 자연스러울 것이다.

그러나 이디스 워턴은 이 기법에 대한 비평가들의 비판을 달갑지 않게 생각했다. 이 작품을 쓰면서 '액자소설' 말고는 달리 다른 대안을 찾을 수 없었다고 밝힌다. 『뒤를 돌아보는 시선』에서 작가는 "『겨울』을 쓰고 나서야 비로소 나는 갑자기 예술가가 자신의 도구를 완전히 통제하고 있다는 느낌을 받았다"고 말하기도 했다. 작가의 말을 액면 그대로 받아들일 필요는 없지만 워턴이 이 작품에서 구사하는 서술 기법은 달리 생각해보면 그 나름대로 의미를 지닌다. 이 기법은 작중인물이 겪는 고통과 좌절과 절망을 완화시켜주는 이점이 있다. 액자라는 필터를 거치지 않고 이선 프롬과 관련한 이야기를 직접 독자에게 전달했더라면 독자에게 주는 충격이 무척 컸을 것이다. 더구나 어떤 의미에서 이 소설의 주인공은 이선 프롬이 아니라 일인칭 화자인 '나'라고 할 수도 있다. 실제로 신시아 그리핀 울프 같은 비평가는 이 소설이 '나'의 '환상'을 그리고 있는 작품이라고 주장하기도 한다. 어쩌면 '나'도 비록 꿈이나 환상을 빌려서나마 이선 프롬의 이야기를 통하여 자신의 비극을 돌아보고 있는지도 모른다.

6

남성 못지않게 여성도 얼마든지 뛰어난 전업 작가가 될 수 있다는 사실을 여실히 보여준 이디스 워턴은 여러 작가들로부터 영향을 받았다. 영국 문학에서는 로버트 브라우닝, 유럽 문학에서는 오노레 드 발자크 같은 작가한테서 영향을 받았다고 밝힌다. 두말할 나위 없이 워턴은 미국 소설 전통에서도 자양분을 흡수했다. 앞에서 이미 밝혔듯이 그녀는 헨리 제임스와 교류를 맺으면서 직간접적으로 영향을 받았다. 가령 문체를 갈고닦은 점이라든지, 작중인물들의 복잡한 도덕심에 관심을 둔다든지, 또는 주인공들의 미묘한 심리적 변화에 주의를 기울인다든지 하는 점에서 두 작가는 적잖이 닮아 있다. 또한 이 두 작가는 자유를 갈구하는 영혼이 질식할 것 같은 상류사회의 인습과 충돌을 빚는 과정을 즐겨 다루기도 한다.

그러나 워턴이 헨리 제임스보다 더 영향을 받은 작가가 있다면 아마도 너새니얼 호손일 것이다. 물론 호손은 미국 문학사에서 낭만주의 전통을 이끈 작가이고, 워턴은 리얼리즘이나 자연주의 전통에 서 있는 작가이다. 그러나 이러한 문학 전통이나 사조를 떠나 두 작가는 서로 비슷한 점이 적지 않다. 특히 『겨울』을 읽다 보면 호손에게서 받은 영향을 그리 어렵지 않게 찾아볼 수 있다. 예를 들어 작중인물들의 이름에서부터 호손의 작품이 떠오른다. 이선 프롬의 '이선'은 호손의 단편소설 「이선 브랜드」의 주인공 이름을 빌려온 것이다. 이선의 아내의 이름인 '지노비어'도 호손의 『브라이스데일 로맨스』(1852)에 등장하는 인물이다. 또한 이디스 워턴은 이 작품에서 뉴잉글랜드를 지리적 배경으로 삼는다. 더구나 음산하고 비극적인 분위기나 어조에서 두 작가는 서로 닮아 있다.

그러나 호손과 워턴의 공통점은 무엇보다도 주제에서도 찾아볼 수 있다. 이 두 작가는 인간의 정열과 사랑과 고통 등을 다룰 뿐만 아니라 더 나아가 미국의 역사와 이데올로기를 문제 삼기도 한다. 신생국 미국이 지향하는 '미국의 꿈'이나 진보의 신화와 발전의 신앙에 대해 두 작가는 회의적인 태도를 보인다. 어떤 의미에서 호손과 워턴은 문학적 남매라고 불러도 크게 틀리지 않을 것 같다.

7

작중인물들의 비참한 삶에 가려 겉으로는 잘 드러나 있지 않지만 이디스 워턴은 『겨울』에서 20세기 초 미국이 맞부딪친 여러 문제를 다루기도 한다. 이 중에서도 농촌의 현실과 인종과 성차별 문제는 빼놓을 수 없다. 이선 프롬의 비극은 이 무렵 미국 사회의 비극과 맞물려 있다고 볼 수 있다. 실제로 이디스 워턴은 여러 작품에서 미국 사회에 대해 날카로운 비판을 가하고 있다. 요즈음 들어와서는 사회 비평가로서의 워턴에 주목하는 학자들이나 비평가들이 적지 않다.

남북전쟁(1861~1865)이 끝나고 난 뒤 미국의 농촌 현실은 비참하기 그지없었다. 전쟁에 패한 남부는 말할 것도 없고 전쟁에서 승리를 거둔 북부마저 그 후유증에 시달렸다. 최근 들어 역사학자들은 남북전쟁이 끝나고 난 뒤 뉴잉글랜드 지방의 경제적 현실이 얼마나 가혹했는지를 새롭게 밝혀내 관심을 끌었다. 중서부나 남부 지방과 달리 뉴잉글랜드에서는 오히려 인구가 줄어들었다는 사실은 이 점을 뒷받침해준다. 코네티컷 주에서는 전체 인구의 5분의 3이, 버몬트 주에서는 전체 인구의 4분의 3이, 뉴햄프셔 주와 메인 주에서는 인구 중 거의 3분의 2가 줄어들었다. 이 작품의 시대적 배경인 20세기 초에 이르러서도 뉴잉글랜드는 여전히 경제적 어려움에서 크게 벗어나지 못하고 있었다. 이 점과 관련하여 하먼 가우가 이선 프롬을 두고 "저 사람은 스탁필드에서 너무 많은 겨울을 난 것 같아" 하고 말했던 것은 시사하는 바가 자못 크다. 이 마을에 살고 있는 다른 젊은이들은 벌써 도시로 빠져나가고 남아 있는 사람이 별로 없었던 것이다.

이렇게 농촌 인구가 눈에 띄게 급격하게 줄어들었다는 것은 그만큼 농촌에 살기가 어려웠다는 것을 뜻한다. 전쟁 뒤에 산업화와 공업화가 본격적으로 일어나면서 도시가 비대해질 대로 비대해진 반면 농촌은 더욱더 피폐해졌다. 이선은 화자인 '나'와 함께 자기 농가로 들어가면서 본래 있던 '엘(L)'을 허물었다고 말한다. '엘'이란 보통 본채와 직각으로 지은 길고 지붕이 높은 부속 건물로 헛간과 연장간을 거쳐 장작 창고와 외양간과 연결되어 있는 곳을 가리킨다. 뉴잉글랜드 농가에서는 이 '엘'이 본채보다 더 중심적이고 초석과 같은 구실을 한다. 그런데 화자는 이렇게 일부를 허물어버린 집의 모습에서 썰매 사건으로 한쪽이 오그라든 이선의 육체를 본다. 그러나 집의 중요한 일부인 '엘'을 허물어버렸다는 것은 폐인과 다름없는 이선 한 사람에 그치지 않고 더 나아가 북부 농촌이 얼마나 곤경에 빠져 있었는지 상징적으로 보여주기도 한다.

공업화와 함께 농촌에도 농기계가 도입되면서 전통적인 농업은 설 자리를 잃었다. 기계가 농업의 방식과 구조를 완전히 바꾸어놓았다. 한 통계자료에 따르면 남북전쟁 이전에는 일 에이커에 해당하는 밀을 생산하기 위해서는 61시간 동안 노동을 해야 했던 것이 기계를 사용한 1900년에 이르러서는 노동 시간이 3시간 19분으로 줄어들었다. 그러나 값비싼 농기구를 구입할 수 없을뿐더러 지형의 특성에서 농기구를 사용할 수 없는 농촌 지역에서 이러한 기계는 그림의 떡이요, 병풍 속의 닭일 뿐이다. 이선 프롬은 아무리 열심히 농사를 지어도 몇 안 되는 식구 입에 풀칠을 하기도 어려울 정도다. 농장과 목재소는 이미 돈을 빌릴 수 있는 데까지 최대한으로 저당 잡혀 있었다. 스탁필드에서는 어디에 가서 단돈 오십 달러를 빌리기도 어려운 실정이었다.

이 무렵 비참한 농촌 현실 못지않게 젊은 여성들의 문제도 무척 심각했다. 매티 실버처럼 부모에게 의지할 곳도 없고 그렇다고 결혼도 하지 않은 젊은 여성들이 살아갈 길이 막막했다. 도시로 가서 일자리를 찾을 수 있지만 그것마저 쉽지 않았다. 왜냐하면 이 무렵 유럽을 비롯한 세계 곳곳에서 이민자들이 몰려온 한편, 남북전쟁 이후 정부가 벌인 이른바 '재개편(再改編)' 사업이 실패로 돌아가면서 남부 흑인들이 한꺼번에 북부 도시로 몰려왔기 때문이다. 설령 매티가 도시에서 일자리를 찾는다고 해도 값싼 임금에 열악한 근무 조건에서 장시간 노동을 해야 하기 때문에 건강을 망치게 될 것은 자명한 일이다. 헤어지는 날, 이선이 매티에게 이제 스탁필드를 떠나면 어떻게 살아갈 것이냐고 묻자 그녀는 가게에서 일자리를 구해보겠다고 대답한다. 그러자 이선은 "그런 일을 하기 어려울 줄 뻔히 알면서 그래. 공기가 나쁜 데다 하루 종일 서 있는 바람에 전에도 크게 고생했잖아" 하고 대꾸한다. 실제로 매티는 스탁필드로 오기 전에 가게에서 일하다 건강을 많이 해쳤고, 시골에 와 살면서 가까스로 몸을 다시 회복한 것이다. 결국 매티처럼 오갈 데 없는 젊은 여성은 친척 집에 얹혀살거나 최악의 경우에는 도시에 나가 몸을 파는 수밖에 없었다.

『겨울』은 인종 문제에도 관심을 보인다. 언뜻 보면 이 작품은 인종 문제와는 비교적 무관한 것 같다. 그러나 좀더 찬찬히 뜯어보면 그 나름대로 인종 문제를 다루고 있음이 밝혀진다. 미국의 흑인 소설가 토니 모리슨은 미국 문학 가운데 인종적 이데올로기에 완전히 벗어나 있는 작품은 하나도 없다고 지적한다. 작가가 아무리 이 문제를 교묘히 감추고 있다고 해도 모든 미국 작품에서는 '색깔의 시니피앙'을 찾아낼 수 있다고 지적한다. 아니나 다를까 작품 첫머리에서 이러한 시니피앙을 찾을 수 있다.

> 폐인이나 다름없었지만, 그때에도 그는 스탁필드에서는 가장 사람의 눈을 끄는 인물이었지요. 뭐 키가 커서 이목을 끈 것은 아니었습니다. 왜냐하면 그곳 '토박이들'은 후리후리하게 키가 커서 보다 땅딸막한 외부 태생의 종(種)들과는 쉽게 구별할 수 있기 때문이었지요.(8쪽)

여기에서 '토박이들'이란 이선처럼 미국 북부 지역에 오랫동안 터를 잡고 살아온 앵글로색슨계의 백인을 말한다. 물론 이 지역에는 인디언들이 먼저 살았기 때문에 어쩌면 이 '토박이'라는 말이 적절하지 않을 수도 있다. 그러나 이곳에 살고 있는 백인들은 외부 지역에서 온 사람들과 비교해서는 역시 '토박이'요, '원주민'이라고 할 수 있다. 이디스 워턴은 앵글로색슨계의 백인을 "보다 땅딸막한 외부 태생의 종(種)들"과 이항 대립적으로 구분 짓는다. 토박이들은 키가 후리후리하게 큰 반면, 외국에서 이민 온 '외부 태생의 종들'은 키가 작다.

그러고 보니 이 '종'이라는 말도 귀에 거슬린다. 영어로 '브리드'라는 이 말은 개나 소 같은 짐승을 가리킬 때에는 사용해도, 사람을 가리킬 때에는 좀처럼 사용하지 않는다. 앵글로색슨계가 아닌 다른 인종이나 민족을 낮추어 부르는 표현인 것이다. 불과 몇십 년 전까지만 해도 이탈리아 사람이나 유태인들은 '백인'의 범주에 들어가지 않았다. 외모에서 보더라도 그들은 키가 후리후리하게 큰 토박이들과는 달리 땅딸막하기 때문이다. 엘리자베스 애먼스의 지적대로 이디스 워턴은 자신도 모르게 "미국에서 앵글로색슨계 백인들의 헤게모니가 점점 줄어드는 것에 대해 지배문화인 백인들이 느끼는 인종차별적인 불안감"을 드러내고 있는지도 모른다.

2009년 3월

김욱동

| 이디스 워턴 연보 |

1862년	1월 24일, 미국 뉴욕의 부유한 상류층 집안에서 2남 1녀의 막내로 태어나다. 이디스 뉴볼드 존스.
1866~70년	부모를 따라 유럽에 건너가 이탈리아, 프랑스, 독일 등지에서 살다. 독일에 살 때 심한 이질에 걸려 고생하다.
1872년	6월, 뉴욕으로 돌아오다. 여름에는 로드아일랜드 주 뉴포트에서 생활하다.
1873~75년	이 무렵 상류층 자녀가 흔히 그러하듯 주로 집에서 가정교사에게 교육을 받다.
1876년	「제멋대로」라는 중편소설을 쓰기 시작하여 이듬해에 완성하다.
1878년	자비로 시집을 출간하다.
1879년	뉴욕의 상류사회에 입문하다.
1880년	〈애틀랜틱 먼슬리〉 지와 〈뉴욕 월드〉 지에 시를 발표하기 시작하다.
1881년	가족과 함께 프랑스 남부 지방을 여행하다.

1882년 3월, 아버지가 칸에서 사망하다. 헨리 레이든 스티븐스와 약혼하지만 곧 파혼하다.

1883년 메인 주 바하버에서 여름을 보내다가 뒷날 이디스가 '일생의 연인'이라고 부른 친구 월터 베리를 만나고, 장차 남편이 될 에드워드 로빈스 워턴을 만나다.

1885년 4월, 에드워드 워턴과 뉴욕에서 결혼하다. 결혼 뒤 두 사람은 주로 유럽에서 살다. 이 무렵 문학을 비롯하여 예술, 과학, 종교, 철학 서적을 탐독하다.

1889년 남편과 함께 뉴욕에 돌아와 파크 애비뉴에 타운하우스를 구입하여 그곳에서 살다. 〈스크리브너스〉 지에 시를 발표하다.

1890년 〈스크리브너스〉 지에 「맨스테이 부인의 견해」라는 작품을 발표하다. 이 작품을 시작으로 이디스는 앞으로 이 잡지에 많은 작품을 기고하게 된다.

1892년 중편소설 「버너 자매」를 집필하다. 이 작품은 1916년에야 처음 발표되었다.

1894년 이탈리아 토스카나 지방을 여행하다.

1897년 12월, 오그던 코드먼과 함께 에세이 『가정의 실내 장식』을 출간하다.

1898년 구토, 후두염 등 잦은 질병으로 필라델피아에서 치료를 받다.

1899년 건강에 좋은 기후를 찾기 위하여 매사추세츠 주 서부 지방 레녹스를 방문하다. 「더 강한 의향」을 발표하다.

1900년 남편과 함께 영국과 프랑스를 여행하다. 「시금석」 「4월의 소나기」를 발표하다.

1901년 매사추세츠 주 리 근처에 백십삼 에이커의 땅을 구입하다. 6월, 어머니가 파리에서 사망하다.

1902년 매사추세츠 주 서부 지방에 지은 저택 '마운트'로 이주하다. 첫 장편소설 『결심의 계곡』을 출간하다.

1903년 장편소설 『성단』을 출간하다.

1904년 자동차를 구입하여 남편 에드워드와 함께 자동차로 프랑스 남부 지방을 여행하다.

1905년 1월, 장편소설 『환락의 집』을 〈스크리브너스〉 지에 연재한 후 출간하다.

1907년 프랑스 파리에 정착하다. 이때 〈런던 타임스〉 기자인 모턴 풀러턴을 만나 이듬해부터 그와 연애를 시작하다. 헨리 제임스와 함께 프랑스 시골 지방을 여행하다. 장편소설 『나무의 과일』을 출간하다. 프랑스어로 『겨울』(원제 '이선 프롬')을 쓰기 시작하다.

1908년 남편 에드워드가 신경쇠약증에 걸리다.

1909년 헨리 제임스를 만나기 위해 런던을 방문하다.

1911년 8월~10월, 장편소설 『겨울』을 〈스크리브너스〉 지에 연재한 후 출간하다. 윌리엄 딘 하우얼스와 함께 헨리 제임스를 노벨문학상 후보로 추천하지만 실패하다.

1912년	장편소설 『산호초』를 출간하다.
1913년	4월, 남편 에드워드와 이혼하다. 장편소설 『그 고장의 풍습』을 출간하다.
1914~18년	제1차 세계대전 중 프랑스에서 난민 보호와 자선사업에 투신하다. 이 공로로 프랑스 정부로부터 레지옹 도뇌르 훈장을 받았다.
1917년	장편소설 『여름』을 출간하다.
1918년	가벼운 심장마비를 처음 겪다.
1920년	장편소설 『순수의 시대』를 출간하다.
1921년	5월, 『순수의 시대』로 퓰리처상을 수상하다.
1923년	예일 대학교에서 명예문학박사 학위를 받다.
1924년	장편소설 『옛 뉴욕』을 출간하다.
1925년	『소설 작법』을 출간하다.
1928년	2월, 전 남편 에드워드가 사망하다. 장편소설 『어린아이들』을 출간하다.
1930년	미국예술원 회원으로 뽑히다.
1931년	모턴 풀러턴과 다시 교제를 시작하다.
1934년	자서전 『뒤를 돌아보는 시선』을 출간하다.
1937년	8월 11일, 프랑스에서 뇌졸중으로 사망하다.
1938년	『해적』이 작가의 사후에 출간되다.

지은이 **이디스 워턴**

1862년 뉴욕의 상류층 가문에서 태어나 유럽 각지를 돌아다니며 유년 시절을 보냈다. 학교에 다니는 대신 가정교사로부터 교육을 받으며 문학, 철학, 과학, 종교 서적 등을 탐독했고, 1878년 첫 시집을 출간했다. 1885년 에드워드 로빈스 워턴과 결혼한 이후, 불행한 결혼 생활과 작가적 야심 사이에서 갈등하다 심각한 신경쇠약을 앓았다. 장편소설 『환락의 집』이 베스트셀러가 되면서 처음으로 작가로서 주목을 받았고, 이후 발표하는 작품마다 이슈를 불러일으켰다. 1921년 장편소설 『순수의 시대』로 여성 최초로 퓰리처상을 수상했다. 주요 작품으로 『여름』 『겨울』 『순수의 시대』 『환락의 집』 『그 지방의 풍습』 등이 있다.

옮긴이 **김욱동**

한국외대 영문학과와 동대학원을 졸업하고 미국 미시시피 대에서 영문학 석사 학위를, 뉴욕 주립대에서 영문학 박사 학위를 받았다. 서강대 영문학과 교수를 거쳐 현재 한국외대 통번역학과 교수로 재직 중이다. 옮긴 책으로 『허클베리 핀의 모험』 『앵무새 죽이기』 『호밀밭의 파수꾼』 『주홍 글자』 등 20여 권이 있고, 저서로 『포스트모더니즘』 『은유와 환유』 『번역인가 반역인가』 등 30여 권이 있다.

문학동네 세계문학

겨울

초판인쇄 2009년 3월 18일 | 초판발행 2009년 3월 30일

지은이 이디스 워턴 | 옮긴이 김욱동 | 펴낸이 강병선
책임편집 강건모 오영나 | 저작권 김미정 한문숙
마케팅 장으뜸 정민호 한민아 김정민 정소영 | 제작 안정숙 김정후

펴낸곳 (주)문학동네 | 출판등록 1993년 10월 22일 제406-2003-000045호
주소 413-756 경기도 파주시 교하읍 문발리 파주출판도시 513-8
전자우편 editor@munhak.com | 전화번호 031) 955-8888 | 팩스 031) 955-8855

ISBN 987-89-546-0762-9 03840

www.munhak.com

이 도서의 국립중앙도서관 출판시도서목록(CIP)은
e-CIP 홈페이지(http://www.nl.go.kr/cip.php)에서 이용하실 수 있습니다.
(CIP제어번호: CIP2009000858)